공부가 되는
톨스토이 단편선

〈공부가 되는〉 시리즈 ③②

공부가 되는
톨스토이 단편선

초판 1쇄 발행 2012년 1월 30일
초판 5쇄 발행 2017년 5월 31일

원작 레프 톨스토이
엮음 글공작소

책임편집 주리아
책임디자인 오세라

펴낸이 이상순
주　간 서인찬
편집장 박윤주
기획편집 한나비, 김한솔
디자인 유영준, 이민정
마케팅 홍보 이상광, 이병구, 김수현, 오은애

펴낸곳 (주)도서출판 아름다운사람들
주소 (413-756) 경기도 파주시 회동길 103
대표전화 (031)955-1001 **팩스** (031)955-1083
이메일 books777@naver.com
홈페이지 www.books114.net

ⓒ2012, 글공작소
ISBN 978-89-6513-151-9 63890

공부가 되는
톨스토이 단편선

Leo Tolstoy

원작 레프 톨스토이 | **엮음** 글공작소 | **추천** 정명순 (대송초등학교 교사)

아름다운사람들

공부가 되는
톨스토이 단편선

아이들이
『공부가 되는 톨스토이 단편선』을
읽으면 좋은 이유

1 세계 명작은 상상력과 감수성의 자양분입니다

"문학은 삶을 변화시킵니다. 문학은 눈을 뜨게 합니다."

20세기의 세계적 문학가인 프란츠 카프카의 말입니다. 이렇듯 문학은 상상력을 바탕으로 사람들의 삶과 그 안에 담긴 사상과 감정을 표현하는 예술입니다. 그중에서도 전 세계적으로, 시간과 공간을 뛰어넘어 오랜 세월 널리 사랑받아 온 고전은 삶의 훌륭한 밑거름이 됩니다. 훌륭한 고전 문학을 읽으며 간접적으로 경험하게 되는 다양한 문화와 사상, 삶을 대하는 여러 가지 태도 등은 우리가 살면서 어떤 것을 진정한 가치로 여겨야 하는가를 느끼고 깨닫게 해 주기 때문입니다. 그렇기에 어린 시절 접하는 위대한 문학은 아이들의 상상력과 감수성이 자라는 데 매우 중요한 자양분이 됩니다.

2 어린이들이 꼭 읽어야 할 필독서, 『톨스토이 단편선』

『톨스토이 단편선』은 세계적인 문학가 톨스토이의 작품 중에서도 단연 돋보이는 작품을 가려 뽑은 것입니다. 세계적인 대문호가 쓴 것이라 믿어지지 않을 만큼 쉬우면서도 한편으로는 사람의 가슴에 큰 여운을 남겨 주는 작품들입니다. 특히 러시아 민화를 바탕으로 서민적인 삶을 사실적이고 섬세하게 그리면서 사랑의 의무와 책임, 우정, 비폭력, 노동의 신성함 등의 주제를 쉽고 아름답게 표현하여 읽는 이로 하여금 삶에 대해 진지한 성찰을 해 볼 수 있는 기회를 줍니다. 또한 『공부가 되는 톨스토이 단편선』은 고전의 감동과 지혜를 전달하는 동시에 작가가 전하고자 하는 인간과 삶에 대한 소중한 진실을 만날 수 있습니다.

3 세계적인 대문호의 삶과 철학을 만날 수 있습니다

19세기 러시아 문학을 대표할 뿐 아니라 세계적인 대문호이자 사상가인 톨스토이는 명문가의 귀족이었지만, 자신의 신분과 재산을 지키기보다 귀족들의 탐욕과 횡포를 비판하며 사회 부조리를 고발하는 문학 활동을 했습니다. 또한 여러 작품에서 위선적이고 권위적인 종교를 비판하기도 했습니다. 톨스토이의 생애는 어디까지나 타인을 위하여, 인류와 함께, 인류 속에서 살려고 했던 한 숭고한 인간의 역사이자 또한 전 인류의 역사라 할 수 있습니다. 이러한 고행의 삶과 고뇌로 얻어진 작품을 통해 우리는 '어떻게 살 것인가' 하는 인류 최대의 문제에 대한 교훈과 암시를 발견할 수 있습니다.

4 공부의 즐거움을 깨치는 〈공부가 되는〉 시리즈

〈공부가 되는〉 시리즈는 공부라면 지겹게만 여기는 우리 아이들에게 "아, 공부가 이렇게 즐거운 것이구나!" 하는 것을 깨쳐 주면서 아울러 궁금한 것이 많은 우리 아이들의 지적 호기심도 동시에 해결해 주는 시리즈입니다. 공부의 맛과 재미는 탄탄한 기초 교양의 주춧돌 위에 세워질 때 그 효과가 배가됩니다. 그리고 그 기초 교양은 우리 아이들이 학습에서 자기 주도적 능력을 내는 데 큰 밑거름이 됩니다.

『공부가 되는 톨스토이 단편선』은 대문호의 걸작에서 볼 수 있는 감동과 그 안에 담긴 문학적 위대함을 고스란히 전달하면서 우리 아이들의 감성과 인간과 세계에 대한 통찰력을 동시에 높여 줄 것입니다. 부디 이 책이 우리 아이들의 상상력과 사고력의 폭을 넓히는 훌륭한 도구가 되기를 바랍니다.

사람은
무엇으로 사는가

Leo Tolstoy

가난한 세몬

구둣방 주인 세몬이 있었습니다. 그는 아내와 아들과 함께 한 농부의 집에 세 들어 살고 있었습니다. 구둣방 벌이는 얼마 되지 않았기 때문에, 번 돈은 모두 음식을 사는 데 써야만 했습니다. 그나마 단 한 벌밖에 없는 털외투는 그와 아내 마뜨료나가 번갈아 입는 바람에 누더기가 되었습니다. 그들은 2년째 새 털외투를 지을 양털을 사기 위해 벼르고 있었습니다.

가을이 되자 세몬은 돈을 약간 모았습니다. 거기에 농부들에게 빌려 준 돈을 합치면 양털 외투를 살 수 있었습니다. 그는 아침 식사를 마친 뒤, 셔츠 위에 아내의 솜 겉옷을 걸치고, 그 위에 긴 무명 외투를 입었습니다. 그리고 3루블을 호주머니에 넣은 뒤 길을 떠났습니다.

그는 읍내에 있는 농부의 집을 찾았지만, 사정이 어렵다며 돈을 제때 갚을 수 없다고 했습니다. 다른 농부 역시 돈이 없다면서 장화 고친 값 20코페이카만 주었습니다. 세몬은 하는 수 없이 외상으로 양털을 사려 했지만, 가죽 장수는 고개를 저었습니다.

레프 톨스토이의 생애 1828~1910

레프 톨스토이는 19세기 러시아 문학을 대표할 뿐 아니라 세계적인 대문호이자 사상가예요. 부유한 귀족의 넷째 아들로 태어났지만 어려서 부모를 잃고 친척집에서 자랐어요. 대학을 중퇴한 후 고향으로 돌아와 지주로서 농민 생활의 개선을 위해 노력하였으나, 실패로 끝나고 말았어요. 실망한 톨스토이는 한때 방탕한 생활을 하기도 했어요. 1851년에는 군에 지원하여 크림 전쟁에 참가하기도 했어요. 이 시기에 쓴 작품들은 그의 전쟁 경험을 토대로 쓰였어요. 그 후 군에서 제대할 무렵 그는 이미 청년 작가로서의 지위를 확고히 하고 있었어요. 1862년 소피아 안드레예브 베르스와 결혼한 뒤 문학에 전념하여 그의 대표작이 된 『전쟁과 평화』, 『안나 카레니나』, 『부활』을 발표해 엄청난 반향을 일으켰어요. 82세의 생애 동안 90여 권의 저서를 남긴 톨스토이는 도스토옙스키와 함께 러시아를 대표하는 작가로서 자리매김하고 있어요.

"외상값 받기가 얼마나 어려운지 아시오? 돈을 가져와야 가죽을 팔 수 있소."

결국 세묜이 그날 얻은 것이라곤 장화 고친 값 20코페이카와, 어느 농부에게서 헌 펠트 구두에 가죽 대는 일을 부탁받은 것뿐이었습니다. 세묜은 속이 상해서 그 20코페이카로 보드카를 마셨습니다. 아침에는 날씨가 좀 춥더니만, 지금은 술을 마셔서 그런지 외투를 입지 않았는데도 몸이 후끈거렸습니다.

"털외투를 입지 않아도 참 따뜻하구나. 보드카 한 병을 마셨더니 온몸이 후끈거려. 털외투 따윈 없어도 좋다. 나는 사나이 아닌가! 그런 건 없어도 아무렇지도 않아. 단지 아내가 걱정이지. 다음에도

돈을 안 주면 모자를 벗겨 버릴 테다."

세묜은 지팡이를 휘두르며 말을 계속했습니다.

"이게 말이 돼? 돈을 20코페이카씩 찔끔찔끔 주다니. 도대체 20코페이카로 뭘 하란 말이야? 고작해야 술밖에 더 마시겠어? 생활이 곤란하다고 하면 다인가? 나도 어렵단 말씀이야. 너희들은 집도 있고 소도 있고 말도 있지만 나는 빈털터리야. 너희들은 직접 빵을 만들어 먹지만 나는 밀을 사서 먹어야 한다고. 그러니 내 돈을 갚으란 말이야."

어느덧 세묜은 길 모퉁이의 교회까지 왔습니다. 그런데 교회 뒤에 무언가 하얀 것이 보였습니다. 이미 날은 저물어서, 찬찬히 바라보아도 무엇인지 잘 보이지 않았습니다. 세묜이 가까이 가 보니 그것은 사람이었습니다. 그는 살았는지 죽었는지 벌거벗은 채 교회 벽에 꼼짝 않고 앉아 있었습니다. 세묜은 무서운 생각이 들었습니다.

'누군가 이 남자를 죽이고 옷을 벗겨 간 건 아닐까? 가까이 갔다가 나까지 나중에 무슨 일을 당할지 몰라.'

세묜은 남자를 그냥 지나쳤습니다. 뒤를 돌아보자, 남자가 벽에서 몸을 일으켜 움직이고 있었습니다. 그런데 어쩐지 이쪽을 뚫어져라 바라보고 있는 것 같았습니다. 세묜은 덜컥 겁이 났습니다.

'이런, 다시 가까이 가 볼까? 아니지, 곁에 갔다가 무슨 봉변이라도 당하면 어떡한담? 가까이 가면 벌떡 일어나 내 목을 조를지도 몰라. 설령 죽지 않더라도 분명 좋지 않은 일을 당할 거야. 아, 하지만 날이 이렇게 추운데……. 옷을 죄다 벗고 있으니 어떻게 하지? 그렇다고 내 옷을 벗어 줄 수도 없고. 에라, 모르겠다. 그냥 이대로 가 버리자!'

세묜은 걸음을 재촉했습니다. 그러나 교회를 지나치는 순간, 양심의 가책이 느껴졌습니다. 그는 길 한가운데에 우뚝 서서 자신을 향해 마음속으로 외쳤습니다.

'너 지금 대체 무얼 하는 거야? 사람이 불행한 일을 당해 죽어 가는데 겁이 나서 그냥 가 버리다니. 네가 부자라도 된단 말인가? 재산을 빼앗길까 봐 두려워? 그럼 못써, 세묜!'

그는 다시 걸음을 돌려 남자 곁으로 갔습니다.

세묜은 남자의 곁으로 다가가 자세히 살펴보았습니다. 젊고 튼튼한 사내였습니다. 그는 눈을 뜰 힘도 없는지 세묜을 제대로 쳐다보지도 못했습니다. 그러나 세묜이 가까이 다가가자, 정신이 드는지 고개를 돌리며 세묜을 바라보았습니다. 남자의 눈매를 보는 순간, 세묜은 그가 마음에 들었습니다. 세묜은 사나이에게 자신의 옷을 벗어 입혀 주고, 신발도 신겨 주었습니다. 그러자 남자는 감격스런 얼굴로 세묜을 쳐다보았습니다. 세묜은 남자가 몸을 녹일 수 있도록 집으로 데려가기로 했습니다.

"자네는 어디에서 왔나?"

"나는 이 고장 사람이 아닙니다."

"그야 이 고장 사람이라면 내가 진작 알아보았겠지. 그런데 이 교회는 무슨 일로 왔나?"

"말할 수 없습니다."

"강도에게 당한 모양이군."

그러자 남자가 고개를 저으며 말했습니다.

"아닙니다. 나는 하느님의 벌을 받았습니다."

남자는 나쁜 사람 같지 않고, 말씨 또한 아주 온순했습니다. 그러나 자신에 관한 이야기는 절대 하지 않았습니다. 세묜은 무슨 사정이 있을 거라며 남자를 이해했습니다. 그러다 아내에게 잔소리를 들을 생각에 세묜은 우울해졌습니다. 그러나 조금 전 남자가 감격스러운 표정으로 자신을 바라보던 것을 떠올리자, 가슴이 기쁨으로 벅차올랐습니다.

세묜의 아내 마뜨료나는 서둘러 집 안을 치웠습니다. 장작을 패고 물을 긷고 아이들에게 저녁을 먹인 뒤 빵을 언제 구워야 할지 고민했습니다.

'아무래도 오늘은 빵을 굽지 말아야겠다. 밀가루도 얼마 남지 않았으니, 이걸로 금요일까지 버텨 보자.'

그녀는 양털 외투를 사 올 남편을 생각했습니다.

'8루블이면 적지 않은 돈이니 꽤 좋은 외투를 살 수 있을 거야. 그나저나 그이가 이제 올 때가 됐는데……. 설마 또 어디서 술을 마시고 있는 건 아니겠지?'

그때 현관 계단이 삐걱거리더니, 인기척이 났습니다. 마뜨료나는 바늘을 꽂아 놓고 현관으로 나갔습니다. 두 사람이 들어오고 있었습니다. 세묜이 펠트 구두를 신은 웬 사나이와 함께 있었습니다. 그녀는 금세 술 냄새를 맡았습니다. 그런데 세묜은 외투도 입지 않고, 겉옷 하나만 달랑 걸친 채 손에 아무것도 들지 않고 있었습니다. 마뜨료나는 가슴이 덜컥 무너져 내리는 것만 같았습니다.

'이럴 수가. 그 돈으로 몽땅 술을 마셨구나. 얼굴도 모르는 남자와 어울려 마신 것도 모자라 집에까지 데려온 거야!'

마뜨료나는 일단 두 사람을 안으로 들여보냈습니다. 안으로 들어선 남자는 자리에 가만히 선 채 눈을 내리깔고 있었습니다. 마뜨료나는 그가 무슨 잘못을 저질러 겁을 먹고 있다고 생각했습니다. 세몬은 모자를 벗고 태연히 식탁에 앉아 말했습니다.

"여보, 마뜨료나. 배가 고프니어서 저녁 좀 차려 주구려."

마뜨료나가 화가 나서 소리쳤습니다.

"외투를 사러 간 사람이 외투 대신 웬 건달을 데려오다니! 당신들 같은 주정뱅이들에게 줄 저녁 따위 없어요!"

톨스토이 단편의 특징

톨스토이의 단편들은 대문호가 쓴 것이라 믿어지지 않을 만큼 쉽고 사람의 가슴을 따뜻하게 해 주는 내용이 많아요. 지극히 평범한 이야기를 가장 자연스럽고 아름다운 동화처럼 풀어내 독자들에게 신비한 감동과 동감을 이끌어 내고 있어요. 특히 서민적인 삶을 사실적이고 섬세하게 그리면서 인간 삶의 목적과도 같은 타인에 대한 사랑의 의무와 책임, 우정, 비폭력, 노동의 신성함 등의 주제를 쉽고 아름답게 표현하여 읽는 이로 하여금 삶에 대해 다시 한 번 진지한 성찰을 해 보도록 해요.

세몬은 술값으로 쓴 돈은 겨우 20코페이카뿐이라는 것과 젊은이를 만나게 된 사정을 설명하려 했지만 소용없었습니다. 세몬이 한 마디를 하면, 마뜨료나는 어디서 그렇게 쏟아지는지 두 마디, 세 마디씩 떠들어 댔기 때문입니다. 한참을 떠들던 마뜨료나는 세몬에게 덤벼들더니 옷소매를 붙잡고 외쳤습니다.

"내 옷을 이리 줘, 한 벌밖에 없는 내 옷을 입고 갔잖아! 이리 내, 이 한심한 양반아!"

세몬은 겉옷을 벗기 시작했습니다. 그러다 그만 옷소매가 뒤집혔는데, 마뜨료나가 잡아당기는 바람에 그만 솔기가 터지고 말았습니다. 마뜨료나는 겉옷을 빼앗아 뒤집어쓰고 문 쪽으로 달려가다 우뚝 멈추어 섰습니다. 여전히 화는 났지만, 도대체 이 낯선 남자가 누군지 궁금했던 것입니다.

마뜨료나는 걸음을 멈추고 말했습니다.

"착한 사람이라면 벌거벗고 있을 리 없지. 세몬, 말해 봐요. 어디서 이 사람을 데려왔지요?"

세몬은 마뜨료나에게 남자를 데려온 사정을 설명해 주었습니다. 남자는 식탁에 앉아 꼼짝도 하지 않았습니다. 그는 두 손을 무릎에 올려놓고 머리를 숙인 채, 답답한 듯 줄곧 눈을 감고 얼굴을 찡그리고 있었습니다. 마뜨료나는 아무 말이 없었습니다. 그때 세몬이 말했습니다.

"마뜨료나, 당신 마음엔 하느님도 없소?"

세몬의 말에, 마뜨료나는 다시 한 번 젊은이를 쳐다보았습니다. 그러자 갑자기 마음이 누그러지기 시작했습니다. 그녀는 난로 앞으로 가 저녁 준비를 했습니다. 컵을 식탁에 놓고, 츠바스(곡식으로 만든 맥주 비슷한 음료수)를 따르고, 마지막 남은 빵을 내놓았습니다. 그리고 나이프와 포크를 놓으면서 "어서 들어요" 하고 말했습니다.

세묜은 빵을 잘게 잘라 남자와 함께 저녁을 먹었습니다. 마뜨료나는 식탁 곁에 앉아 손으로 턱을 괴고 젊은이를 바라보았습니다. 문득 젊은이가 안타깝게 여겨졌습니다. 그러자 젊은이는 갑자기 찡그렸던 얼굴을 펴더니, 마뜨료나에게 눈을 돌려 빙그레 웃었습니다. 식사가 끝나자 마뜨료나는 식탁을 치운 다음 남자에게 어디서 왔는지, 왜 길바닥에 쓰러져 있었는지 등을 물었습니다. 그러자 남자가 대답했습니다.

"저는 알몸으로 있다가 얼어 죽을 뻔했습니다. 마침 주인 아저씨가 저를 불쌍히 여겨 데려온 겁니다. 여기 오니 이제 당신께서 저에게 먹고 마실 것을 주었지요. 하느님은 두 분을 도와주실 겁니다!"

마뜨료나는 남자에게 셔츠와 바지를 주었습니다. 남자는 옷을 갈아 입은 다음 침대에 누웠습니다. 마뜨료나는 등불을 끈 뒤 낡은 외투를 들고 세묜 곁으로 갔습니다. 외투 자락을 덮고 누웠지만 잠은 오지 않았습니다. 이 낯선 남자에 대한 생각이 머릿속에서 떠나지 않았던 것입니다.

'남자가 마지막 빵을 다 먹어 버려서 내일 먹을 빵이 없어졌어. 셔츠와 바지는 또 어떻담. 가뜩이나 그이 옷도 얼마 없는데……'

마뜨료나는 잠시 기분이 언짢아졌습니다. 그러나 남자가 자신을 향해 빙그레 웃던 것을 생각하자 마음속이 환해졌습니다. 그녀는 오랫동안 잠을 이루지 못했습니다. 그때 세몬 역시 잠이 안 오는지 외투 자락을 잡아당겼습니다.

마뜨료나가 속삭였습니다.

"세몬! 남은 빵을 다 먹어 버렸는데 내일은 어떻게 하지요? 말라냐 대모님에게 가서 좀 꾸어야겠어요."

"너무 걱정 마시오. 산 입에 거미줄이야 치겠소."

마뜨료나는 한동안 가만히 누워 있다가 다시 말을 걸었습니다.

"저 젊은이, 좋은 사람인 것 같은데 왜 자기 이야기는 하나도 안 하는지 모르겠어요."

"거야 말 못할 사정이 있겠지."

그러자 마뜨료나가 다시 말했습니다.

"세묜! 우리는 남에게 주는데, 남들은 왜 우리에게 안 주는 거지요?"

세묜은 마뜨료나의 물음에 뭐라 대답해야 좋을지 몰랐습니다. 그래서 "이제 그만하고 자자"고 말한 뒤 돌아누워 잠들어 버렸습니다.

첫 번째 손님, 차돌 같이 단단한 부자 신사

미하일은 세묜의 구둣방에서 일을 돕게 되었습니다. 그는 세묜이 무슨 일을 가르치든 빠르게 배웠습니다. 사흘째부터는 마치 오랫동안 구두를 만들어 온 사람처럼 일하기 시작했습니다. 그는 밖에 나가지도 않고, 농담이나 쓸데없는 말도 하지 않았으며, 좀처럼 웃는 법도 없었습니다. 미하일의 웃는 모습을 본 것은 그가 처음 왔던 날 마뜨료나가 밥상을 차려 주었던 그때뿐이었습니다.

그렇게 일주일이 가고, 한 해가 지났습니다. 미하일은 여전히 세묜의 집에서 일하고 있었습니다. 그가 만드는 구두는 멋지고 튼튼해서 이웃 마을 사람들까지 구두를 맞추기 위해 몰려왔습니다. 세묜은 점점 더 많은 돈을 벌게 되었습니다.

그러던 어느 겨울날, 한 부자 신사가 하인과 함께 구둣방을 찾아왔습니다. 신사는 덩치가 매우 컸습니다. 머리가 천장에 닿을 정도였고, 몸은 가게 안을 꽉 채울 것만 같았습니다.

세묜은 인사를 하며 놀랐습니다. 지금까지 이런 사람을 본 적이 없었기 때문이었습니다. 세묜과 미하일은 호리호리한 편이고, 마뜨료나는 마치 명태처럼 깡말랐는데, 이 신사는 꼭 다른 나라에서 온 사람 같았습니다. 얼굴은 벌겋고 기름이 돌았으며, 목은 황소처럼 굵었습니다. 마치 온몸이 무쇠로 만들어진 것 같았습니다. 신사는 '휴우' 숨을 내쉬며 외투를 벗고 앉아 말했습니다. 그는 보자기 하나를 내밀었습니다. 그 안에는 비싼 가죽이 있었습니다.

"이봐, 이 가죽 보이지? 무슨 가죽인지 알겠나?"

세묜은 가죽을 만져 보고 나서 말했습니다.

"예, 아주 좋은 가죽이옵니다."

"그야 당연히 좋은 가죽이지! 당신 같은 바보는 아마 이런 가죽을 못 보았을 거야. 이건 독일제라고! 무려 20루블이나 줬어."

세묜은 겁을 집어먹고 말했습니다.

"당연하신 말씀입니다. 우리 같은 사람이 어디서 그런 가죽을 보겠습니까."

"그렇겠지. 그런데 이걸로 내 발에 맞는 장화를 만들 수 있겠나?"

"암요, 나리."

그러자 신사가 큰 소리로 윽박지르듯 말했습니다.

"분명히 만들 수 있다고 했겠다! 난 1년을 신어도 모양이 변치 않고, 실밥이 터지지 않는 장화를 바라네. 자신이 없다면 지금 당장 거절해. 미리 말해 두는데, 1년 안에 구두 모양이 변하거나 실밥이 터지면 당장 감옥에 보내 버릴 테니까! 대신 1년이 되어도 모양이 변하지 않고 실밥이 터지지 않는다면 그때 10루블을 더 주도록 하지."

세묜은 겁이 나서 어떻게 대답해야 좋을지 몰랐습니다. 미하일에게 의견을 물으니, 맡으라는 대답이 돌아왔습니다. 세묜은 신사의 주문을 수락했습니다. 그리고 신사의 양말에 때를 묻히지 않도록 앞치마에 손을 잘 문지른 다음 치수를 쟀습니다. 발바닥을 재고, 발 높이를 재고, 종아리를 재는데 종이 양끝이 닿지 않았습니다. 신사의 장딴지가 통나무처럼 굵었던 것입니다. 세묜이 종이를 덧붙이는 사이, 미하일은 신사가 아닌 그의 뒤쪽 구석을 뚫어져라 보고 있었습니다. 마치 보이지 않는 누군가를 꿰뚫어 보는 것 같았습니다. 그러다 갑자기 웃음을 띠더니 얼굴이 환하게 밝아졌습니다.

"얼빠진 자식, 갑자기 왜 웃어? 기한 내에 만들 수 있도록 정신 바짝 차리라고!"

신사의 말에 미하일이 대답했습니다.

"말씀하신 때까지 만들어 놓겠습니다."

신사는 다시 장화를 신고 문 쪽으로 갔습니다. 그러나 깜박 잊고 허리를 굽히지 않는 바람에, 문에 심하게 머리를 부딪혔습니다. 신사는 욕을 퍼붓고 머리를 문지르며 마차를 타고 떠났습니다. 세묜이 말했습니다.

"차돌 같이 단단한 사람이군. 머리를 그렇게 부딪혔는데도 별로 아프지도 않은가 봐."

신사가 떠난 뒤, 세묜은 바로 미하일과 함께 장화를 만들기 시작했습니다. 미하일은 세묜에게서 가죽을 받아 들고, 두 겹

으로 포갠 뒤 칼로 자르기 시작했습니다. 마뜨료나는 깜짝 놀랐습니다. 세묜이 장화 만드는 것을 몇 번 봐서 알고 있었는데, 미하일은 장화 모양과 달리 가죽을 둥글게 자르고 있었던 것입니다. 그녀는 미하일에게 뭐라 한마디 하려다 말았습니다.

'나보단 미하일이 더 잘 알 테니 괜한 참견은 하지 않는 게 좋겠어.'

미하일은 가죽을 다 자른 뒤 실을 꿰매기 시작했습니다. 그는 장화가 아닌 슬리퍼를 만들 때처럼, 두 겹이 아닌 한 겹으로 꿰매고 있었습니다. 마뜨료나는 이번에도 깜짝 놀랐지만 역시 참견하지 않았습니다. 미하일은 열심히 가죽을 꿰맸습니다. 점심때가 되어 세묜이 자리에서 일어나 보니, 미하일은 가죽으로 슬리퍼를 한 켤레 꿰매 놓았습니다.

톨스토이를 사랑한 러시아 국민

톨스토이 시대의 러시아 국민은 톨스토이를 사랑하고 아꼈어요. 당시 러시아 국민은 "우리에겐 차르(황제)가 둘이 있다"고 말했어요. 그것은 당시 황제였던 니콜라이 2세와 톨스토이를 가리키는 것이었어요. 이 시기 러시아 국민은 귀족의 사치와 향락으로 인한 수탈로 아주 힘겨운 삶을 살고 있었어요. 톨스토이는 다양한 저서 활동을 통해 권력자에게만 필요한 법률과 부자에게만 유리한 경제 조직, 종교의 유명무실함에 대해 비난하며 국민의 편에 섰어요. 그리고 자신의 생각을 글로써만이 아니라 재산을 사회에 환원하는 실천하는 모습으로 국민의 뜨거운 성원을 받았어요.

"자네 지금 이게 무슨 짓인가? 나를 죽이려는 셈이야? 나리는 장화를 주문했는데 슬리퍼를 만들다니!"

그때 계단에서 '쿵쿵' 소리가 들려왔습니다. 창문으로 내다보니, 누군가 말을 붙들어 매고 있었습니다. 곧 문이 열리고 들어온 사람은 아까 그 신사의 하인이었습니다. 하인은 놀라운 이야기를 전해 주었습니다.

"장화는 이제 필요 없습니다. 나리께서 돌아가셨으니까요."

"뭐라고요?"

세묜과 마뜨료나는 깜짝 놀랐습니다.

"집으로 돌아가시는 길에 마차에서 세상을 떠나셨습니다. 마차가 집에 도착하여 문을 열어 드리니, 나리는 이미 차갑게 굳어 계셨습니다. 마님께서 제게 장화는 필요 없게 되었으니 죽은 사람이 신는 슬리퍼를 만들어 달라 하셨지요."

미하일은 슬리퍼를 다 만들고 남은 가죽을 둘둘 말았습니다. 그리고 슬리퍼를 들고 탁탁 친 뒤, 앞치마에 문질러 하인에게 주었습니다. 젊은 하인은 슬리퍼를 받아 들고 "안녕히 계십시오, 여러분!" 하고 인사한 뒤 돌아갔습니다.

두 번째 손님, 봄 구두를 주문한 쌍둥이 여자아이

다시 세월이 흘렀습니다. 미하일이 세묜의 집에 온 지도 어언 6년이 되었습니다. 미하일은 여전히 전과 다름없이 생활하고 있었습니다. 그는 아무 데도 가지 않았고, 쓸데없는 말도 하지 않았습니다. 그가 웃은 것은 딱 두 번뿐이었습니다. 이 집에 처음 와서 마뜨료나가 저녁을 차려 주었을 때와, 죽은 신사가 구두를 맞추러 왔을 때였습니다. 세묜은 미하일을 매우 좋아했습니다. 이제는 더 이상 그가 어디서 왔는지 묻지 않았습니다. 그저 미하일이 어디론가 떠나지는 않을까 걱정이었습니다.

그러던 어느 날이었습니다. 미하일이 일손을 멈추고 창문으로 고개를 돌려 밖을 내다보고 있었습니다. 세묜은 놀랐습니다. 미하일은 지금까지 창밖을 내다본 적이 한 번도 없었기 때문입니다. 세묜이 창밖을 내다보니, 한 여인이 구둣방 쪽으로 오고 있었습니다. 옷을 말쑥하게 차려입은 여인은 두 여자아이의 손을 잡고 있었습니다. 털외투에 숄을 두른 두 여자아이는 얼굴이 똑같아 좀처럼 분간할 수가 없었습니다. 한 아이가 왼쪽 다리를 저는 것만이 다른 점이었습니다.

여인은 계단을 올라와 현관 문고리를 두드렸습니다. 문이 열리자 여인은 아이들을 먼저 들여보내고 자신도 따라 들어왔

「사람은 무엇으로 사는가」

「사람은 무엇으로 사는가」는 톨스토이 단편 소설의 대표작이에요. 이 작품은 톨스토이의 순수한 종교관을 잘 나타내고 있어요. 하늘의 천사 '미하일'이 하느님의 명령에 의심을 품고 따르지 않아 하느님에게 세가지 질문의 답을 찾아오라는 명을 받아요. 그래서 천사 미하일은 인간 세계로 내려오게 돼요. 그리고 구두장이 세몬의 도움을 받고 그와 함께 살며 '사람은 무엇으로 살아가는가?'라는 질문에 '사랑으로 살아간다'라는 답을 내게 돼요.

습니다. 그녀는 아이들 봄 구두를 맞추러 왔다고 했습니다. 세몬은 미하일을 돌아보았습니다. 그는 하던 일을 멈추고 가만히 앉아 아이들을 뚫어져라 쳐다보고 있었습니다. 세몬은 그 모습에 또다시 놀랐습니다. 물론 아이들은 귀엽게 생겼고, 입고 있는 털외투도 매우 멋졌습니다. 하지만 미하일이 저렇게까지 뚫어지게 바라보는 이유는 무엇일까요? 마치 예전부터 두 아이를 알고 있었던 것 같은 태도였습니다.

세몬은 아이들의 발 치수를 재고 난 뒤 물었습니다.

"이 아이는 언제부터 다리를 절게 됐나요? 참 귀엽게 생겼는데, 태어나면서부터 그랬나요?"

"아니에요. 제 엄마에게 눌려서 그렇답니다."

그때 마뜨료나가 대화에 끼어들었습니다.

"그럼 부인은 이 아이들의 어머니가 아닌가요?"

"나는 이 아이들의 친엄마도, 친척도 아니에요. 생판 남인데 수양딸로 삼았지요."

"직접 낳은 아이도 아닌데 정말 사랑하시는군요!"

그러자 여자가 말했습니다.

"그럴 수밖에 없지요. 내 젖을 먹여서 키웠으니까요. 나도 자식이 있었는데 하느님이 데려가셨어요. 그래도 그 아이는 가엾지 않지만 이 아이들은 정말 안됐지요."

"어떤 집 애들인가요?"

여인은 이야기를 시작했습니다.

"벌써 6년 전 일이네요. 이 아이들은 태어난 지 일주일 만에 고아가 됐어요. 애들 아버지는 농사꾼이었는데, 숲에서 그만 나무에 깔려 심하게 다쳤어요. 집으로 옮겼지만 곧 세상을 떠났지요. 그리고 사흘 후 아내가 쌍둥이를 낳은 거예요. 바로 이 아이들이랍니다. 애들 어머니는 아이들을 낳자마자 단 하루도 살지 못했어요.

나는 남편과 함께 농사를 짓고 있었는데, 이 애들 부모는 우리 이웃집이었지요. 이튿날 아침에 걱정되서 내가 그 집에 가 보았더니, 애들 어머니는 이미 죽어 있었어요. 한 아이를 깔고서 말이에요. 그래서 다리 한쪽을 못 쓰게 된 거예요. 마을 사람들이 모여 죽은 사람을 씻겨 옷을 입히고 관을 만들어 장사를 지내 주었어요. 모두 착한 사람들이지요."

여인은 말을 이었습니다.

"남은 것은 두 갓난아이뿐이었어요. 하지만 보낼 데가 없었지요. 그나마 젖먹이를 데리고 있는 여자는 나뿐이었어요. 나는 낳은 지 8주밖에 안 되는 첫아들에게 젖을 먹이고 있었지요. 그래서 내가 임시로 이 아이들을 맡게 되었어요.

나는 원래 몸이 성한 아이에게만 젖을 주려고 했어요. 다리를 다친 아이는 도저히 살아날 가망이 없어 보였거든요. 하지만 천사 같은 어린 영혼을 그냥 죽게 놔둘 수는 없었지요. 그래서 내 아이까지 모두 세 아이를 젖 먹여 키웠지요. 그때만 해도 나는 젊고 건강했고 식성도 좋았어요. 하느님 덕분에 젖은 넘쳐흘렀지요. 두 아이가 함께 젖을 먹는 동안 나머지 한 아이는 기다렸어요. 한 아이가 젖을 다 먹으면 남은 아이에게 젖을 물렸답니다.

그런데 하느님의 뜻으로 두 아이는 잘 컸지만, 내 아들은 두 살 때 죽고 말았어요. 그 이후로 하느님은 나에게 자식을 주지 않으셨어요.

지금 우리는 이 마을 방앗간에서 일하고 있어요. 보수도 좋고 생활은 넉넉하지만 아이는 여전히 없답니다. 그러니 이 두 아이가 없었다면 무슨 재미로 살았겠어요? 정말이지 이 아이들을 사랑하지 않을 수 없지요. 이 아이들은 나에게 촛불 같은 존재나 마찬가지예요."

여인은 한 손으로 절름발이 아이를 안고, 나머지 한 손으로는 뺨에서 눈물을 훔쳤습니다. 마뜨료나 역시 한숨을 쉬며 말했습니다.

"부모 없이는 살아도 사랑이 없이는 살 수 없다는 말이 맞는 것 같아요."

여인은 잠시 이야기를 주고받은 뒤 자리에서 일어났습니다. 세묜과 마뜨료나는 여인을 전송하며 미하일을 돌아보았습니다. 그는 무릎에 손을 얹고 앉아서 천장을 쳐다보며 빙그레 웃고 있었습니다.

세 번의 웃음, 세 번의 깨달음

세묜은 미하일 곁으로 가서 왜 그러느냐고 물었습니다. 그러자 미하일은 일감을 내려놓고 앞치마를 벗은 다음 고개를 숙이며 말했습니다.

"용서하십시오, 주인 아저씨, 아주머님. 하느님께서 용서하셨으니 두 분께서도 용서해 주시기 바랍니다."

세묜과 마뜨료나는 미하일의 몸에서 빛이 나는 것을 보았습니다. 그러자 세묜은 미하일에게 머리를 숙이며 말했습니다.

"미하일, 나도 알고 있었네. 자네가 보통 사람이 아니라는 것을 말이야. 하지만 대답해 주게. 내가 자네를 집으로 데려왔을 때 자네는 우울한 얼굴을 하고 있다가, 아내가 밥상을 차려 주자 빙그레 웃어 보였네. 그 이유가 무엇인가?

그 이후 어느 부자가 장화를 주문했을 때 자네는 또 다시 빙그레 웃으면서 밝은 표정을 지었지? 그리고 지금 아이들이 다녀갔을 때 자네는 세 번째로 빙그레 웃었고 온몸에서 빛이 났네. 말해 주게. 어째서 자네 몸에서 빛이 나는 것이며, 왜 세 번 웃었는지."

미하일이 대답했습니다.

"내 몸에서 빛이 나는 것은 내가 드디어 하느님의 용서를 받았기 때문입니다. 또 내가 세 번 웃은 것은 하느님의 세 마디 말씀을 깨달았기 때문이지요.

첫 번째 말씀은 바로 아주머님이 나를 가엾게 여기셨을 때 깨달았습니다. 그래서 처음 웃었습니다. 또 한 마디 말씀은 부자 나리가 장화를 주문했을 때 알

았습니다. 그래서 두 번째로 웃었
지요. 마지막 세 번째 말씀은 방금
그 두 여자아이를 보았을 때 깨달
았습니다. 그래서 세 번째로 웃은
것입니다."

그러자 세몬이 다시 물었습니다.

"미하일, 도대체 하느님에게 왜
벌을 받았으며, 그 세 마디 말씀은
무엇인지 말해 주지 않겠나?"

미하일이 말했습니다.

톨스토이와 그리스도교 신앙

톨스토이는 신앙에 있어서 신을 무작정
추앙하기보다 선한 삶과 밀착된 실천적
인 신앙을 추구하였어요. 즉, '교회라는
형식이나 성경의 교리보다 가난한 사람
을 사랑하는 것이 그리스도를 사랑하는
것'이라는 마태복음서 25장 40절의 가르
침에 그리스도교 신앙의 뿌리를 두고 있
어요.

"내가 벌을 받은 것은 하느님의 말씀을 따르지 않았기 때문
입니다. 나는 하늘나라의 천사였는데 하느님의 말씀을 어기고
말았습니다. 어느 날 하느님께서 어느 여인의 영혼을 데려오
라고 분부하셨습니다. 그런데 그 여인은 아파서 누워 있었습
니다. 막 쌍둥이 딸을 낳은 참이었지요. 갓난아기는 엄마 곁에
서 보채고 있었지만 여인은 젖을 줄 힘조차 없었습니다. 그녀
는 나를 보자마자 하느님께서 자신을 부르신 것을 알고 울며
말했습니다.

'천사님! 제 남편은 나무에 깔려 며칠 전 죽었습니다. 이 아

이들을 키워 줄 고모도 이모도 할머니도 없습니다. 제발 이 아이들이 클 때까지만 키울 수 있도록 제 영혼을 가져가지 말아 주세요. 아이들은 부모 없이 살 수 없으니까요!'

나는 한 아이에게 젖을 물려 주고, 나머지 한 아이는 여인의 팔에 안겨 준 뒤 하늘나라로 올라갔습니다. 그리고 하느님에게 말했습니다.

'저는 여인의 영혼을 가져올 수 없었습니다. 그녀의 남편은 나무에 깔려 죽고, 그녀는 막 쌍둥이를 낳아 아이들이 클 때까지만 자기 손으로 키우게 해 달라고 했습니다. 아이들은 부모 없이 살 수 없다고 하면서 말이지요.'

그러자 하느님은 이렇게 말씀하셨습니다.

'다시 가서 산모의 영혼을 데려오너라. 그러면 세 가지 말의 뜻을 알게 될 테니. 첫째, 사람의 마음에는 무엇이 있는가? 둘째, 사람에게 주어지지 않은 것은 무엇인가? 셋째, 사람은 무엇으로 사는가? 이 세 가지를 알게 될 것이다. 그때 너는 다시 하늘나라로 돌아오게 되리라.'

나는 세상으로 내려와 여인의 영혼을 빼앗았습니다. 갓난아이들은 어머니의 가슴에서 떨어졌습니다. 그때 어머니의 몸이 뒹굴며 짓누르는 바람에 한 아이는 한쪽 다리를 못 쓰게 되었습니다. 나는 여자의 영혼을 데리고 하느님에게 올라가려 했지만, 바람이 휘몰아쳐 제 날개를 꺾었습니다. 그래서 그 여자의 영혼만 하느님께로 가고, 저는 땅 위에 벌거벗은 채로 누워 있었던 것입니다."

사람은 무엇으로 사는가

세문과 마뜨료나는 그동안 자신들과 함께 살아온 이가 누구인지 알자, 두려움과 기쁨으로 눈물을 흘렸습니다. 천사는 이야기를 계속했습니다.

"나는 들판에 버려져 있었습니다. 그때까지 나는 인간의 부자유도 추위도 굶주림도 몰랐습니다. 그런데 갑자기 인간이 된 것입니다. 춥고 배가 고팠지만 어떻게 해야 하는지 알 수 없었습니다. 나는 하느님의 교회를 발견하고 그곳으로 갔습니다. 그러나 문이 잠겨 있어 안으로 들어가지 못했습니다.

그때 어떤 사람이 길을 걸어오며 처자식을 먹여 살리려면 도대체 어떻게 해야 하느냐고 중얼거리고 있었습니다. 인간이 된 뒤 처음 본 사람의 얼굴은 아주 송장 같았습니다. 나는 너무 무서워 얼굴을 돌리고 말았습니다. 그는 나를 지나쳐 갔지만, 어찌 된 일인지 다시 왔습니다. 조금 전까지만 해도 그의 얼굴

에는 어두운 죽음의 그림자가 드리워져 있었지만, 다시 돌아온 뒤엔 생기가 돌고 있었습니다. 나는 그 얼굴에서 하느님의 모습을 보았습니다.

집에 도착하자 어떤 여자가 나왔습니다. 그녀는 남자보다 한층 더 무서운 얼굴이었습니다. 나는 그 입에서 나오는 죽음의 입김 때문에 숨을 쉴 수조차 없었습니다. 그녀는 나를 추운 바깥으로 몰아내려 했습니다. 그때 나를 쫓았다면 여자 역시 죽고 말았을 것입니다.

그러나 남편이 하느님 얘기를 하자, 그 여자는 갑자기 태도가 바뀌었습니다. 여자는 저녁상을 차려 주며 나를 쳐다보았습니다. 그녀의 얼굴에는 생기가 돌고 있었습니다. 나는 그 얼굴에서 다시 하느님의 모습을 볼 수 있었습니다.

그 순간 나는 '사람 마음속에 있는 것이 무엇인가'라는 하느님의 첫 말씀을 생각했습니다. 나는 사람의 마음속에는 사랑이 있다는 것을 알았습니다. 하느님이 나에게 깨우쳐 주셨다는 생각에 몹시 기뻐서 처음으로 웃었던 것입니다. 그러나 '사람에게 주어지지 않은 것은 무엇인가?', '사람은 무엇으로 사는가?' 이 두 말씀은 그때 미처 깨닫지 못했지요.

그리고 1년이 지났습니다. 한 사내가 와서 1년 동안 닳지도 터지지도 않는 장화를 만들어 달라고 했습니다. 나는 그의 등 뒤에 내 친구인 죽음의 천사가 있는 것을 보았습니다. 나는 그 날이 저물기 전에 부자가 죽게 될 것이라는 걸 알았습니다. 그래서 생각했지요.

'이 사람은 1년 신어도 끄떡없을 장화를 주문하고 있지만, 오늘 저녁 안으로 죽게 된다는 것을 전혀 모르고 있다.'

그때 나는 '사람에게 주어지지 않은 것은 무엇인가'라는 하느님의 두 번째 말씀을 깨닫게 되었습니다. 사람은 자신에게 필요한 것이 무엇인지 알 수 없었던 것입니다. 그래서 나는 두 번째로 웃었습니다. 오랜만에 동료를 만난 것도 기뻤지만, 무엇보다도 하느님께서 두 번째 말씀을 깨우쳐 주셔서 참으로 기뻤습니다.

하지만 여전히 '사람은 무엇으로 사는가', 이 마지막 한 말씀이 남아 있었습니다. 나는 하느님께서 마지막 말씀을 깨우쳐 주실 때를 기다렸습니다. 그리고 6년이 지난 오늘, 한 여인이 쌍둥이 여자아이를 데리고 왔습니다. 그 순간 나는 이 아이들이 그때 그 산모의 아이라는 것을 알았습니다. 자식을 키우게 해 달라는 어머니의 말을 들었을 때, 나는 부모 없는 아이들이 자랄 수 없다고 생각했습니다. 하지만 좋은 여인을 만나 잘 자라지 않았습니까? 그녀가 남의 자식을 가엾게 생각하며 눈물을 흘렸던 그때, 나는 그 마음속의 사랑을 보았습니다. 그리고 깨달았지요. 하느님께서 마지막 말씀을 깨우쳐 주시고, 드디어 저를 용서해 주셨다는 것을요. 그래서 세 번째로 웃었던 것입니다."

천사의 온몸은 빛으로 둘러싸여 똑바로 쳐다볼 수 없었습니다. 천사는 더욱 큰 소리로 말했습니다. 그 소리는 그의 입이 아닌 하늘에서 흘러나오는 것 같았습니다.

"사람들은 자신에 대한 걱정으로 살아가는 것이 아니라, 사랑으로 살아간다는 것을 알았습니다. 그 어머니는 아이들이 살아가는 데 무엇이 필요한지 알 수 없었습니다. 부자 신사는 자기에게 무엇이 필요한지 알 수 없었습니다. 자기에게 필요한 것이 산 사람이 신을 장화인지, 죽은 사람에게 필요한 슬리퍼인지 알 수 없었던 것입니다.

내가 사람이 됐을 때 목숨을 구할 수 있었던 것은 내 걱정 때문이 아니라, 길 가던 사람과 그 아내의 마음에 사랑이 있어 나를 불쌍히 여기고 사랑해 주었기 때문입니다. 두 고아가 살아남게 된 것도 그들의 걱정 때문이 아니라, 다른 여자의 마음에 사랑이 있어 그들을 불쌍히 생각하고 사랑해 주었기 때문입니다. 모든 사람은 자기의 걱정에 의해서가 아니라 마음속 깊은 곳의 사랑으로 살아가는 것입니다.

나는 하느님께서 사람에게 생명을 주시어 살아가도록 하신 것을 알았습니다. 하지만 이제 한 가지를 더 깨닫게 되었습니다. 하느님께서는 사람들이 떨어져 사는 것을 원하지 않기 때문에 각자 자기에게 필요한 것이 무엇인지 깨우쳐 주지 않았다는 것을요. 그리고 사람들이 서로 모여 살아가기를 원했기 때문에 자기 자신과 모든 사람에게 필요한 것이 무엇인지 가르쳐 주신 것입니다.

톨스토이 명언 1

◆ 고생하는 사람들 때문에 세계는 발전하고 있다.

◆ 과거는 이미 존재하지 않고 미래는 아직 닥치지 않았으며 존재하는 것은 오직 현재뿐이다. 현재 안에서만 인간의 영혼에 자유로운 신성이 나타난다.

◆ 그대에게 죄를 지은 사람이 있거든, 그가 누구이든 그것을 잊어버리고 용서하라. 그때에 그대는 용서하는 행복을 알 것이다. 우리에게는 남을 책망할 권리는 없는 것이다.

◆ 깊은 강물은 돌을 던져도 흐리지 않는다. 모욕을 받고 이내 벌컥하는 인간은 강도 아닌 조그마한 웅덩이에 불과하다.

나는 이제야 깨달았습니다. 사랑으로 살아가는 사람은 하느님 안에 사는 사람이며, 하느님은 그 사람 안에 계십니다. 하느님은 곧 사랑이기 때문입니다."

천사가 말을 마치자 천사의 등에서 빛나는 날개가 펼쳐졌습니다. 집이 흔들리고, 천장이 갈라지더니 불기둥이 하늘 높이 치솟았습니다. 세묜과 마뜨료나 그리고 아이들은 바닥에 엎드렸습니다. 그리고 천사는 하늘로 올라갔습니다.

세묜이 정신을 차려 보니, 집은 예전 그대로였습니다. 방 안에는 그들 가족 외에는 아무도 없었습니다.

세 가지 물음

Leo Tolstoy

　　　　◆ ◆ ◆

　어느 나라의 왕이 있었습니다. 왕은 백성을 위해 밤낮을 가리지 않고 일했습니다. 그런 왕에게도 몇 가지 아쉬운 점이 있었습니다. 백성을 잘살 수 있도록 하기 위해서는 세 가지 능력이 있으면 좋을 것 같았습니다.

　첫 번째는 무슨 일을 하고자 할 때, 그 일을 정확히 언제 시작해야 좋을지를 아는 능력이고, 두 번째는 많은 일 중에 가장 중요한 일이 무엇인지를 판단하는 능력이며, 마지막은 나라를 잘 다스리기 위해 가까이해야 할 사람과 멀리해야 할 사람을 가려내는 능력이었습니다.

　이 세 가지 능력만 있다면 왕은 무슨 일을 하든 걱정이 없고, 나라와 백성도 예전보다 더 잘 다스릴 수 있을 것만 같았습니다.

　"무슨 좋은 방법이 없을까?"

　고심하던 왕은 신하를 불러 온 나라에 방을 붙이게 했습니다.

　「어떤 행동을 취해야 할 정확한 때와 가장 중요한 일을 가려내는 방법 그리고 왕이 곁에 두어야 할 사람과 그렇지 않은 사람을 가려내는 방법을 알려 주는 이에게는 큰 상을 내리겠노라.」

온 나라의 수많은 학자와 장군 등 유능한 인재들이 왕을 찾아왔습니다. 그들은 세 가지 능력에 대해 다양한 의견을 내놓았습니다. 첫 번째, 어떤 일을 시작해야 할 정확한 때를 알기 위한 능력을 두고 오간 의견은 다음과 같았습니다. 먼저 한 학자가 말했습니다.

"왕이시여, 어떤 일을 할 정확한 때를 알기 위해서는 미리 계획을 세워야 합니다. 일, 월, 년 단위로 시간표를 짜서 엄격히 지키다 보면 해야 할 모든 일들을 계획한 대로 정확하게 해낼 수 있을 것입니다."

그러자 한 학자가 물었습니다.

"그렇게 계획을 짜기 위한 시간은 또 어떻게 안단 말이오? 그 방법으로는 일을 시작해야 할 정확한 때를 알 수 없소. 그것보다는 왕께서 항상 주변 상황에 주의를 기울이는 편이 낫지 않겠소?"

그러자 다른 학자가 다시 반대 의견을 펼쳤습니다.

"두 분 다 참으로 어리석소. 왕께서 혼자 아무리 주의를 기

톨스토이가 살던 시대

톨스토이가 살던 19세기의 러시아는 시민 혁명과 산업 혁명을 토대로 산업 사회로 빠르게 변하고 있던 유럽에 비해 정치, 경제, 외교 등 모든 면에서 상당히 뒤떨어져 있었어요. 특히 러시아는 1853년 영국과 프랑스, 오스만투르크, 프로이센 등이 참여한 크림 전쟁에서의 패배와 농노제 폐지 등 개혁 정치를 하던 알렉산드르 2세의 죽음으로 쇠퇴기를 맞이했어요. 이후 러시아 농노들은 로마노프 왕조에 호의적이지 않았고, 사치와 백성에게 수탈만 일삼는 제국에 점점 불만을 갖게 되었어요. 이러한 러시아 농민과 농노, 노동자 계층이 제국을 무너뜨리고 20세기 초에 최초의 공산국가인 소비에트 연방을 세움으로써 러시아 제국은 무너졌어요.

울인다 해도 그것은 무리요. 왕께 도움을 줄 수 있을 만한 유능한 인재들로 구성된 자문회를 만드는 것이야말로 가장 현명한 방법이지."

학자들의 이야기를 듣고 있던 어느 장군이 말했습니다.

"자문회? 왕께서 자문을 구할 겨를도 없이 당장 급하게 행동을 취해야 하면 아무 소용없습니다. 오히려 예언가를 두는 편이 더 낫겠소."

두 번째, 가장 중요한 일을 가려내는 능력에 대해서도 여러 주장이 나왔습니다. 대부분은 자신이 몸담고 있는 분야야말로 가장 중요한 일을 가려내는 능력이라고 말했습니다. 학자들은 학문, 장군들은 전쟁 기술이나 무기 개발, 사제들은 신에 대한 경배라고 주장했습니다.

왕이 가장 가까이해야 할 사람을 가려내는 세 번째 능력을 두고도 많은 의견들이 봇물처럼 쏟아졌습니다. 성직자, 의사, 고문관 등 다양한 직업이 나왔습니다.

이렇듯 세 가지 능력에 대해 수많은 의견이 오갔지만, 왕은 그저 가만히 듣고만 있을 뿐, 누구의 이야기에도 동의하지 않았습니다. 그 어떤 대답도 왕의 궁금증을 속 시원히 풀어 주지 못했습니다. 여전히 해답을 알고 싶었던 왕은 고심 끝에 나라에서 가장 지혜롭고 덕망이 높기로 소문난 은사를 떠올렸습니다. 그런데 그 은사는 깊은 숲 속에 살고 있었습니다. 게다가 지위가 높은 사람들보다는 어려움을 겪는 백성만 만난다는 이야기가 있었습니다. 하는 수 없이 왕은 직접 은사를 찾아가기로 마음먹었습니다. 허름한 옷을 입고 일반 백성처럼 꾸민 왕은 은사의 암자가 가까워지자, 호위대를 뒤에 남겨 두고 혼자 암자로 걸어갔습니다.

마침 은사는 암자 앞에서 땅을 파고 있었습니다. 왕을 본 은사는 슬쩍 눈인사를 한 뒤 다시 땅을 파는 일에 열중했습니다. 깡마른 체구의 은사는 땅을 파다가 곧장 쓰러질 것만 같이 위태로워 보였습니다.

왕이 조용히 입을 열었습니다.

　"지혜로운 은사님, 저는 꼭 알고 싶은 세 가지 물음이 있어 이렇게 찾아왔습니다. 적절한 일을 정확한 때에 하는 방법과 여러 일 중에서 가장 먼저 해야 할 일을 아는 방법 그리고 저에게 가장 도움이 될 사람을 알고 싶습니다."

　은사는 아무 말 없이 가쁜 숨만 내쉬며 묵묵히 땅을 팠습니다. 왕이 소매를 걷어붙이며 말했습니다.

　"힘드신 것 같은데 저에게 맡기고 좀 쉬시지요."

　은사는 고개를 끄덕이며 왕에게 땅 파는 일을 맡겨 둔 채 곁에 앉아 쉬었습니다.

　어느새 왕은 밭을 두 고랑이나 팠습니다. 왕은 이마에서 땀을 뻘뻘 흘리며, 다시 은사에게 세 가지 능력에 대해 물었습니다. 그러나 은사는 이렇게 말할 뿐이었습니다.

　"이제 내가 땅을 팔 테니 가래를 이리 주시오."

　왕은 은사에게 가래를 주지 않고 계속 땅을 파기 시작했습니다. 시간이 흘렀지만, 은사는 여전히 아무 대답도 해 주지 않았습니다. 어느덧 해가 지고 어둠이 깔리기 시작했습니다. 조금씩 화가 나기 시작한 왕은 결국 가래를 손에서 놓았습니다.

　"언제쯤 제 질문에 답을 해 주실 겁니까? 대답하실 수 없다면 할 수 없다고 말을 해 주시지요. 그러면 전 다시 돌아가면

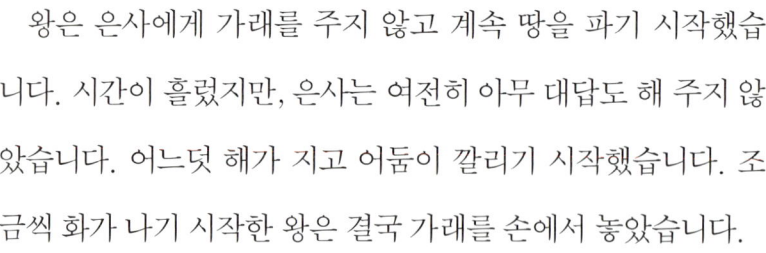

그만입니다."

은사가 무심한 표정으로 입을 열었습니다.

"누군가 여기로 오고 있군요."

왕이 뒤를 돌아보니, 얼굴을 잔뜩 찡그린 남자가 피를 뚝뚝 흘리며 달려오고 있었습니다. 남자는 왕 앞에서 그만 기절하듯 쓰러지고 말았습니다. 남자의 옷을 벗겨보니 배에 큰 상처가 나 있었습니다. 왕은 남자의 배를 닦아 내고 수건으로 상처를 감싸 주었습니다. 하지만 피는 여전히 멈추지 않았습니다. 왕은 피가 멎을 때까지 남자의 상처를 치료해 주었습니다. 피가 멈추고 정신이 돌아온 남자는 마실 것을 부탁했습니다. 왕은 신선한 물을 가져다주었습니다. 그사이, 해는 완전히 졌고 날씨는 서늘해졌습니다.

왕은 남자를 은사의 암자 안으로 데려가 침상에 눕혔습니

19세기 전기의 러시아 문학

19세기는 러시아 문학의 황금기라 할 수 있어요. 1800년대 초는 주코프스키를 중심으로 고전주의 문학을 청산하고 낭만주의 문학이 등장했어요. 낭만주의 문학은 일상생활을 소재로 우아한 문체와 자유분방한 감정의 표현으로, 황제와 그 주변 인물의 묘사에 머물렀던 고전주의적 러시아 문단에 획기적인 변화를 가져왔어요. 1830~1840년대에는 러시아의 문호 푸슈킨를 비롯하여 고골, 레르몬토프 그리고 사상가이자 자연파 비평가로서 이름을 날린 벨린스키 등을 중심으로 사실주의에 기초한 국민 문학이 탄생했어요. 사실주의는 비현실적 낭만주의를 거부하고 러시아 사실주의를 세계적인 수준으로 끌어올렸어요.

다. 그리고 피곤에 지쳐 문 앞에서 쪼그려 앉은 채로 잠이 들었습니다. 어찌나 깊이 잠들었는지, 왕은 한 번도 깨지 않고 아침까지 곤히 잠을 잤습니다.

아침에 일어난 왕은 암자에서 잠이 든 자신을 발견하고 흠칫 놀랐습니다. 침상에 누워 있는 남자를 본 왕은 그제야 어제의 일들을 떠올릴 수 있었습니다. 그때, 갑자기 침상에 누워 있던 남자가 흐느끼며 말했습니다.

"저를 용서해 주십시오."

왕이 어리둥절한 얼굴로 입을 열었습니다.

"도대체 무엇을 용서하란 말이오?"

"나는 당신에게 복수하기 위해 왔습니다. 당신은 내 형을 사형에 처하고 내 재산을 몰수했습니다. 나는 당신이 은사를 만나러 간다는 소식을 듣고, 돌아오는 길에 죽이기 위해 미리 기다리고 있었습니다. 그런데 당신은 하루가 지나도록 오지 않더군요. 결국 나는 당신을 찾으러 이곳으로 오다가, 당신의 호위대를 만나 그만 상처를 입고 말았습니다. 그래서 간신히 도망치다 그만 당신 앞에서 쓰러지고 만 것입니다."

남자는 계속해서 말했습니다.

"그런데 당신은 나를 구해 주었습니다. 당신이 아니었다면 나는 너무 많은 피를 흘려 그만 죽고 말았을 겁니다. 나는 당신을 죽이려 했는데, 당신은 나를 살려 주었습니다. 몸이 회복된다면 나는 당신의 충직한 신하가 되어 살고 싶습니다. 그러니 제발 용서해 주십시오."

왕은 놀랐지만 자신의 적이 이제 자신의 편으로 돌아섰다는 사실에 매우 만족했습니다. 왕은 남자를 용서하고, 그가 제대로 치료 받을 수 있도록 조치를 취해 주었습니다. 몰수한 재산도 다시 돌려 주겠다고 약속했습니다.

왕은 밖으로 나와 은사를 찾았습니다. 돌아가기 전에 은사에게 한 번 더 세 가지 능력에 대한 대답을 묻고 싶었습니다. 은사는 전날 파 놓은 고랑에 씨를 뿌리고 있었습니다.

"은사님, 떠나기 전에 마지막으로 부탁드리겠습니다. 제 물

19세기 후기의 러시아 문학

1860년대에 접어들면서 새로운 대작가들이 등장하여 러시아 소설의 황금시대가 열리게 되는데, 투르게네프, 곤차로프, 도스토옙스키, 톨스토이 등이에요. 이들은 러시아 농민의 처참한 운명에 대한 동정과 전제 정치에 대한 비판을 주로 하여 현실을 사실적으로 묘사하면서도 사회적 비평의 좋은 소재가 되는 작품들을 썼어요. 이러한 19세기 러시아의 사실주의는 풍부한 예술적 재능으로 인간과 삶, 사회와 역사와의 관계에 대한 독특한 철학과 세계관으로 시대정신과 삶의 본질에 대한 통찰력을 보여 주었어요.

음에 제발 답을 해 주십시오."

은사는 왕에겐 눈길도 주지 않은 채 여전히 씨를 뿌리며 말했습니다.

"당신은 이미 답을 얻었소."

"이미 답을 얻다니, 그게 무슨 소리입니까?"

그러자 은사가 차분히 대답했습니다.

"아직 모르겠소? 당신이 어제 나를 걱정하여 내 대신 고랑을 파지 않고 그냥 돌아갔다면 그 남자는 당신을 해쳤을 것이오. 당신은 죽어 가면서 나와 함께 있지 않았던 것을 후회했겠지. 그러니 당신이 행한 가장 중요한 때는 바로 내 대신 고랑을 파기 시작한 그 순간이고, 당신에게 가장 중요한 일은 나를 도와준 것이오. 내 덕분에 목숨을 구했으니 그때 가장 중요한 이는 바로 나였지."

은사는 따뜻한 눈길로 왕을 바라보며 말했습니다.

"그 이후도 생각해 봅시다. 남자가 우리에게 달려왔을 때, 가장 중요한 순간은 바로 당신이 남자를 돌보아 주었던 바로 그때요. 당신이 그의 상처를 돌봐 주지 않았다면 그는 당신과 화해하지 못한 채 결국 죽었겠지. 그러니 당신이 그를 치료해 준 것이 가장 중요한 일이고, 그때 당신에게 가장 중요한 사람은 바로 그 남자였소."

은사는 말을 이었습니다.

"그러니 기억하시오. 어떤 일을 행하기 위한 정확한 때, 가장 중요한 그 순간은 바로 지금이오. 지금이야말로 우리가 영향력을 행사할 수 있는 유일한 시간이지. 가장 필요한 사람은 바로 지금 당신과 함께 있는 사람이오. 그 누구도 자신이 앞으로 누구와 어떤 인간관계를 맺게 될지 모르기 때문이오. 그리고 마지막으로, 가장 중요한 일은 지금 당신 곁에 있는 바로 그 사람에게 선을 행하는 것이오. 인간이 이 세상에 태어난 유일한 이유가 바로 그것이기 때문이오."

바보 이반

Leo Tolstoy

어느 마을에 아들 셋을 둔 농부가 살고 있었습니다. 큰아들인 시몬은 많은 부하들을 거느리고 있는 군인이었고, 둘째 아들인 타라스는 돈이 많은 장사꾼이었습니다. 셋째 아들인 이반은 사람들에게 바보라고 놀림받을 만큼 어수룩하지만, 마음씨 착하고 성실한 농부였습니다.

큰아들 시몬은 크게 출세하여 '차르'라고 불리는 러시아 황제에게 큰 농장을 하사받고 귀족의 딸과 결혼하였습니다. 하지만 시몬과 그의 아내는 사치가 심해 그들이 가진 돈을 다 써 버리고도 모자라 빚까지 내어 써 버렸습니다. 더 이상 쓸 돈이 없어지자 시몬은 아버지를 찾아갔습니다.

시몬이 말했습니다.

"아버지, 저는 아버지의 아들입니다. 제 몫의 유산을 주십시오."

그러자 아버지는 고개를 저었습니다.

"그건 이반과 그의 누이동생에게 공평하지 않구나. 이 집에 있는 건 모두 그 애들이 열심히 일해서 마련한 것이잖느냐. 그걸 내가 어떻게 함부로 처분하겠느냐."

톨스토이의 고뇌

톨스토이는 자신의 이상과 삶을 일치시키는 완전한 삶을 꿈꾸었어요. 그래서 그는 나이가 들수록 편안하고 안락한 삶을 누리는 자신을 견디지 못했어요. 그는 자신이 가진 재산이나 명성으로부터 벗어나 청빈하고 금욕적인 은둔 생활을 하며 남을 위해 살고 싶어 했어요. 하지만 가족들은 그의 그런 생각을 이해하지 못했어요. 1891년에 톨스토이는 모든 저서의 판권을 포기하려 했지만 가족은 이에 크게 반발했어요. 결국, 1881년 이후에 발표한 작품의 판권만 포기하고, 그 이전 작품의 판권은 아내에게 넘기기로 했어요. 톨스토이는 재산 문제로 계속 가족과 불화를 겪으며 괴로워했고, 자신이 생각하는 완전한 삶에 도달하지 못하는 자신에게 절망했어요. 그런 그의 고뇌는 그의 작품과 사상에 고스란히 남아 우리에게 큰 감동과 울림을 주고 있어요.

"이반은 바보입니다. 그리고 누이동생은 벙어리잖습니까. 그들에게 돈이 무슨 소용이 있습니까."

시몬이 답답하다는 듯 아버지에게 말했습니다.

그러자 아버지가 대답했습니다.

"어쨌든 이반에게 물어봐. 이반의 것이니 이반이 알아서 할 일이다."

그때 옆에 있던 이반이 대답했습니다.

"아버지, 큰 형님이 원하시는 대로 땅을 나누어 주세요. 저한테는 아버지를 모실 수 있는 땅만 있으면 충분해요."

그러자 시몬은 쓸모없는 땅만 남겨 두고 값이 나갈 기름진 땅을 모조리 가져가 버렸습니다. 하지만 이반은 불평하지 않고 열심히 땀 흘리며 돌밭이나 다름없는 땅을 일구기 시작했습니다. 이렇게 다시 노력한 결과, 이반은 예전처럼 기름진 땅을 많이 가질 수 있게 되었습니다.

그런데 이번에는 둘째 아들 타라스가 찾아와서 아버지에게 이렇게 말했습니다.

"아버지, 큰형에게 땅을 나누어 주셨으니 제게도 주세요."

아버지는 이번에도 반대했습니다. 예전처럼 기름진 땅을 얻기 위해 이반이 얼마나 고생했는지를 보았기 때문이었습니다. 하지만 마음씨 착한 이반은 이번에도 둘째 형에게 땅을 나누어 주었습니다. 둘째 형 역시 쓸모없는 땅은 내버려 두고 기름진 땅만 모조리 가져가 버렸습니다.

한편, 이 모습을 지켜보던 큰 악마는 샘이 났습니다. 큰 악마는 심술을 부려 이반 형제들이 서로 미워하고 싸우도록 만들기로 결심했습니다. 그래서 작은 악마 셋을 불러 이렇게 말했습니다.

"난 이반 형제들이 사이좋게 지내는 걸 더는 못 보겠다. 어떻게든 저 형제들이 서로 미워하도록 만들고 오너라."

"알겠습니다. 가난해지면 서로 싸우지 않고는 못 배길걸요?

저희만 믿으세요."

큰 악마의 명을 받은 작은 악마들은 바로 이반 형제들을 찾아갔습니다.

먼저 시몬을 찾아간 첫째 악마는 전쟁을 일으키도록 꾀었습니다. 그러자 시몬은 많은 부하들을 거느리고 이웃 나라에 쳐들어갔습니다. 하지만 전쟁에서 크게 패하고 말았습니다. 왜냐하면 악마가 미리 이웃나라에 찾아가서 시몬이 전쟁을 일으킬 것이라고 귀띔을 해 주었기 때문이었습니다. 전쟁에 대비해 단단히 무장하고 있던 이웃 나라는 시몬의 부하들을 모두 죽였습니다. 오로지 시몬만이 겨우 살아서 이반의 집으로 도망칠 수 있었습니다.

그리고 타라스를 찾아간 둘째 악마는 욕심과 허영심을 불어넣었습니다. 그래서 타라스는 값비싼 물건을 잔뜩 사들였습니다. 자신의 돈이 떨어지자 나중에는 남의 돈을 빌려서까지 물건을 사들였습니다. 결국에는 쫓아오는 빚쟁이들을 피해 이반의 집으로 도망치게 되었습니다.

첫째, 둘째 악마들은 자신들의 계획대로 일이 진행되어 기분이 아주 좋았습니다. 그래서 서로 앞다투어 자신들의 일을 자랑했습니다.

그런데 첫째, 둘째 악마의 이야기를 듣고 있던 셋째 악마가 난처한 표정을 짓고 있었습니다. 그는 두 악마에게 도움을 요청했습니다.

"나는 계획대로 일이 되지 않았어. 내가 맡은 이반은 참 이상한 놈이야. 난 심한 복통을 일으키도록 이반이 먹는 아침 차에 침을 뱉었어. 그런데도 이반은 밭에다 씨를 뿌리려고 나서는 거야. 배가 아픈데도 말이야. 그래서 난 땅을 아주 딱딱하게 만들었지. 그렇게 하면 밭을 갈기가 무척이나 힘들 테니까 말이야. 난 이반이 포기할 줄 알았어. 그런데 계속해서 밭을 가는 거야. 그래서 난 땅속으로 들어가 양손으로 이반의 쟁기를 꼭 움켜잡고 놓지 않았지. 그런데 이반이 쟁기를 아주 세게 밀어 넣는 바람에 그만 내 손가락만 다쳤지 뭐야. 형제들아, 나를 도와줘. 이반이 가족들을 위해 충분한 양식을 마련하는 것을 막아야 해."

다음 날도 이반은 쟁기질을 하려고 밭으로 갔습니다. 이반은 여전히 배가 무척 아팠습니다.

그러나 이반은 꿋꿋이 참고 지난밤 밭에 두고 왔던 자신의 쟁기를 들어 올리려고 했습니다. 그런데 쟁기는 꼼짝도 하지 않았습니다.

사실은 셋째 악마가 땅속에서 쟁기를 붙잡고 있었던 것이었습니다. 이상하게 생각한 이반은 흙 속으로 손을 집어넣습니다. 그런데 이반의 손에 뭔가 물컹한 것이 만져졌습니다. 이반은 손에 힘을 줘서 그걸 끄집어냈습니다. 그것은 흉측하게 생긴 짐승처럼 보였습니다.

"아니, 이런 괴물이 내 밭에 살다니……."

이반은 몸서리를 쳤습니다. 그러고는 악마를 치려고 급히 쟁기를 높이 들어 올렸습니다.

그때 셋째 악마가 외쳤습니다.

"제발 살려 주세요! 원하시는 건 뭐든지 해 드릴게요!"

이반은 들었던 팔을 내리고 머리를 긁적거렸습니다.

"배가 많이 아픈데. 고칠 수 있겠어?"

"물론입니다. 저를 풀어 주시면 배를 낫게 하는 약을 찾아 드릴게요."

셋째 악마는 주변을 둘러보다가 어떤 식물의 뿌리를 뽑아 이반에게 가져와 말했습니다.

"이걸 드세요. 이 뿌리는 어떤 병도 낫게 하죠."

이반은 그 뿌리를 조금 씹어 먹었습니다. 그러자 아픈 배가 씻은 듯이 나았습니다.

"다 나았어. 넌 이제 가도 좋아. 신의 은총을 빈다."

이반이 말했습니다.

악마들은 '신'의 이름을 듣는 걸 몹시 싫어했습니다. 악마는 즉시 사라졌고 남은 것이라고는 땅속의 작은 구멍뿐이었습니다.

그날 저녁, 이반은 형 시몬과 그의 아내가 저녁 식탁에 앉아 있는 것을 보았습니다.

"잘 지냈니, 이반. 난 모든 걸 잃고 집으로 돌아왔단다. 내가 일을 찾을 때까지 우리를 돌봐 주겠니?"

시몬이 말했습니다.

"그럼요. 우리와 함께 지내세요."

이반이 대답했습니다.

이반이 식탁에 앉자 시몬의 아내가 남편에게 속삭였습니다.

"나는 고약한 냄새가 나는 더러운 농부와 함께 밥을 먹을 수는 없어요."

그러자 시몬이 이반에게 말했습니다.

"네 형수가 네게서 나는 냄새를 견딜 수 없다고 하는구나. 너는 현관에서 식사하는 것이 좋겠다."

"그러죠."

이반이 고개를 끄덕이며 대답했습니다.

한편, 자신의 임무를 마친 후 첫째 악마가 이반의 농장으로 왔습니다. 하지만 첫째 악마는 셋째 악마를 찾을 수가 없었습니다.

"내 형제에게 무슨 일이 일어난 게 틀림없어. 내가 직접 이반을 막아야겠다."

첫째 악마는 땅에 난 작은 구멍을 보며 말했습니다.

첫째 악마는 이반네 밭을 물에 잠기게 만들었습니다.

"이런 진흙탕에서 풀을 베기는 힘들거야. 이반도 이번에는 포기하고 말 거야."

하지만 이반은 진흙 투성이가 된 목초지에서 풀을 베기 위해 낫질을 시작했습니다.

"저런 바보같은 놈이 있나. 무슨 다른 방법이 없을까?"

첫째 악마는 풀숲에 숨어 이렇게 중얼거리며 이반의 목초지로 다가갔습니다. 이반이 낫을 아래로 휘두르자 첫째 악마는 날 끝을 땅속에 묻어 버렸습니다. 하지만 이반은 있는 힘을 다해서 낫을 당겼습니다. 악마는 낫을 피하려고 펄쩍 뛰었지만 꼬리를 잘리고 말았습니다.

그날 첫째 악마는 이반의 일을 망치려고 갖은 애를 썼습니다. 그러나 이반은 결국 일을 끝마쳤습니다.

"이제 밭에 귀리를 심어야겠다."

이반이 말했습니다.

"내일은 꼭 이반이 일을 못 하게 해야지."

첫째 악마가 다짐했습니다.

다음 날 아침, 첫째 악마는 이반이 밤새 밭에 귀리를 심었다는 것을 알았습니다.

"저 녀석은 잠도 안 자나! 이반보다 앞서서 생각해야 돼. 그는 곧 건초가 필요할 거야. 그렇다면 나는 이반이 헛간으로 건초를 가지러 오기 전에 건초를 몽땅 썩혀야겠다."

첫째 악마는 혼잣말로 중얼거렸습니다.

첫째 악마는 건초가 상하도록 물로 적셔 놓은 후 잠깐 잠이 들었습니다. 이반은 건초를 퍼 올리기 위해 기다란 갈퀴를 들고 헛간으로 갔습니다. 이반이 갈퀴를 찔러 넣자 건초 속에서

톨스토이가 세운 농민 학교

톨스토이는 1860년 고향 툴라에 농민 학교를 세웠어요. 당시 농민의 아이들은 제대로 교육을 받을 수가 없었어요. 대개는 부모를 도와 농사일을 돌보는 것이 전부였어요. 그는 이런 농민의 아이들에게 공부를 가르치고 자유롭게 놀기도 했어요. 이 농민 학교는 자유로운 교육을 표방했는데 톨스토이는 자유로운 교육이야말로 진정한 교육이라고 생각했기 때문이에요. 또 1871년에는 아이들을 위해 직접 교과서를 쓰기도 했어요. 그러나 농민과 귀족이 평등하게 교육받는 것을 못마땅해한 귀족들은 거세게 반발했고 결국 귀족들의 방해로 학교는 폐교되고 말았어요. 하지만 농민들은 이 일로 자신들도 귀족과 동등하게 교육을 받을 수 있다는 것에 감동했으며 톨스토이가 진심으로 농민들을 사랑한다는 것을 알게 되었어요.

희한한 비명 소리가 들렸습니다. 깜짝 놀란 이반이 갈퀴를 들어올리자 갈퀴 끝에는 작은 악마가 꽂혀 있었습니다.

이반이 소리쳤습니다.

"아니, 왜 또 다시 나타난거냐!"

"저는 다른 악마예요. 당신이 전에 만난 악마는 제 형제예요."

"네 녀석이 누구든 상관없어. 어쨌든 널 없애 버릴 거야."

"제발 살려 주세요! 전 짚으로 병사를 만들어 드릴 수 있어요!"

"병사들은 뭐에 쓰는데?"

이반이 코웃음치며 물었습니다.

"병사들은 당신을 위해 무슨 일이든 할 수 있죠."

첫째 악마가 대답했습니다.

"그럼 내게 병사 만드는 방법을 알려 줘."

이반이 말했습니다.

첫째 악마가 짚을 비비며 어떤 주문을 외우자 곧 많은 병사가 헛간 주위를 행진하고 있었습니다.

"이젠 저를 놓아 주세요."

첫째 악마가 말했어요.

"기다려 봐. 병사들이 많으면 음식도 많이 필요하잖아. 어떻게 하면 병사들을 다시 짚으로 되돌릴 수 있지?"

"그냥 이 말만 하세요. '병사의 수만큼 짚이 되어라'라고요. 그러면 병사들이 사라질 거예요."

"좋아. 가도 좋아. 네게 신의 은총이 있길 바란다."

이반이 '신'이라고 말하자마자 악마는 땅속으로 사라져 버렸습니다. 남은 것은 작은 구멍뿐이었습니다.

그날 밤, 집으로 돌아온 이반은 작은 형 타라스와 그의 아내를 보고 깜짝 놀랐습니다. 타라스는 재산을 모두 잃어서 난처한 것 같았습니다.

"잘 지내고 있지, 이반. 새로운 사업을 시작할 수 있을 때까지 우리가 여기 머물러도 되겠니?"

타라스가 말했습니다.

"그럼요. 원하는 만큼 여기서 지내세요."

이반이 대답했습니다. 그리고는 식사를 하기 위해 식탁에 앉았어요. 그러자 타라스의 아내가 얼굴을 찌푸렸습니다.

"나는 저런 냄새나는 농부와 함께 식사할 수 없어요."

"이반, 네 형수가 너와 함께 식사하지 못하겠다고 하는구나. 너는 현관에 나가서 혼자 먹는 게 어떻겠니?"

타라스가 말했습니다.

"알겠어요. 어차피 곧 말들에게 먹이를 줘야 하니까요."

다음 날, 타라스를 망하게 한 둘째 악마가 이반네 농장으로 왔습니다. 둘째 악마는 형제들을 찾았지만 그들은 보이지 않았습니다. 둘째 악마가 본 것은 땅에 난 두 개의 구멍뿐이었습니다.

그날 오후, 이반은 나무를 베기 위해 숲으로 갔습니다. 이반은 두 채의 집을 지어 형들에게 한 채씩 나누어 줄 생각이었습니다. 둘째 악마는 이반의 일을 방해하기 위해 나무를 단단하게 만들었습니다. 이반은 평소 하루에 50그루 정도의 나무를 벨 수 있었지만 갑자기 나무들이 너무 단단해서 겨우 열 그루밖에 베지 못했습니다. 이반은 너무 지쳐 주저앉았습니다.

둘째 악마는 나무의 높은 가지 위에서 이반을 지켜보고
있었습니다.

"이반은 너무 지쳐서 일을 계속할 수 없을 거야. 형
제들이 모두 한집에서 살게 된다면 서로 싸우게 될
테지."

둘째 악마는 기쁨에 겨워 가지 위에서 춤을 추기
시작했습니다. 그러느라 둘째 악마는 이반이 다시 일
을 시작한 것을 보지 못했습니다. 이반은 나무에 있는
힘껏 도끼를 휘둘렀습니다. 둘째 악마가 미처 피하기도 전
에 나무는 베어져 쓰러졌습니다. 그때 이반은 나무에서 떨어
진 악마를 발견했습니다.

"이게 뭐야? 너는 도망간 줄 알았는데!"

이반이 소리쳤습니다.

"저는 다른 악마예요!"

"어쨌든 상관없어. 도끼로 네놈을 베어 버릴 테다."

"제발, 저를 죽이지 마세요. 저는 당신에게 금화를 만들어 드
릴 수 있어요."

둘째 악마가 애원했습니다.

"어떻게 하는 건지 보여 줘 봐라."

둘째 악마는 이반에게 어느 특별한 떡갈나무 잎을 모아 달라고 했습니다. 그리고는 그 잎들을 손으로 어떻게 비비는지 이반에게 보여 주었습니다. 악마가 어떤 주문을 외우자 떡갈나뭇잎이 금화로 변했습니다.

"대단한 마술이구나. 마을 아이들이 정말로 좋아하겠다."

이반이 말했습니다.

"이제 놓아 주세요."

둘째 악마가 애원했습니다.

"신의 은총이 함께 하기를 바란다. 이제 가도 좋아."

이반이 말했습니다.

'신'의 이름을 언급하자 둘째 악마는 땅속으로 사라져 버렸습니다.

이반은 곧 형들이 옮겨 가 살 수 있도록 집을 두 채 지어 주었습니다. 추수가 끝나자 이반은 성대한 잔치를 계획했습니다. 이반은 잔치에 온 마을 사람들을 초대했습니다. 이반은 형들을 잔치에 초대했지만 그들은 거절했습니다. 이반은 흥겨운 잔치를 위해 마을 처녀들에게 노래를 불러 달라고 했습니다. 또한 그는 충분히 사례하겠다고 말했습니다. 아가씨들이 노래를 부른 후 사례금을 달라며 이반에게 말하자 이반은 숲으로 들어가 커다란 자루를 들고 돌아왔습니다. 그리고 자루에서 금화를 꺼내어 허공에 던졌습니다.

마을 사람들은 깜짝 놀랐습니다. 그러나 다음 순간 사람들은 땅에 떨어진 금화를 서로 차지하려고 다투기 시작했습니다.

"싸우지 말아요."

그때 이반이 빙그레 웃으며 병사들이 노래 부르는 것을 보여 주겠다고 말했습니다. 이반은 헛간으로 들어가 많은 병사와 함께 나왔고 병사들은 아름다운 목소리로 노래를 불렀습니다. 마을 사람들은 모두들 즐거워했습니다.

다음 날 아침, 시몬은 이반네 집의 현관문을 두드렸습니다.

"동생아, 그 병사들이 어디에서 나왔는지 말해 다오."

이반은 시몬을 헛간으로 데려가 짚으로 병사들을 만들어 주었습니다.

시몬이 흥분해서 말했습니다.

"굉장하구나! 이런 병사들이 있으면 난 어떤 왕국도 쳐부술 수 있어!"

"진작 말씀하시지 그랬어요. 그렇지만 병사들을 멀리 데리

고 가겠다고 약속해 주셔야 해요. 이곳은 병사들을 먹일 만큼 식량이 충분하지 않아요."

시몬은 그러겠다고 약속을 했고, 이반은 시몬에게 거대한 규모의 군대를 만들어 주었습니다.

"됐어, 이제 충분하구나. 고맙다, 이반!"

"아무것도 아니에요. 더 필요하시면 다시 오세요."

그러고 나서 시몬은 병사들을 이끌고 인근 왕국들을 공격하기 위해 떠났습니다.

시몬이 떠나자마자 타라스가 이반의 집으로 왔습니다.

"동생아, 금화가 어디서 났는지 말해 주렴. 내게 돈이 좀 있다면 다시 상인으로 성공할 수 있을 거야."

"그 얘길 진작 하시지 그랬어요."

이반은 황금더미를 만들어 주며 충분한지 타라스에게 물었습니다.

"고맙구나, 이반. 당분간은 이걸로 충분할 거야."

"더 원하시면 다시 오세요. 아무것도 아닌걸요."

타라스는 황금을 챙겨서 장사를 하기 위해 떠났습니다.

이렇게 해서 시몬은 인근 왕국의 통치자가 되었고, 타라스는 부유한 상인이 되었습니다.

그렇지만 형들은 좀처럼 만족하지 못했습니다.

"병사들을 돌볼 돈이 충분치 않아."

"내 돈을 지킬 병사들이 부족해."

"이반에게 가 보자."

시몬과 타라스는 이반에게 찾아가 부탁하기로 했습니다.

"시몬 형, 난 형님의 병사들이 그렇게 많은 사람을 죽일지는 몰랐어요. 그리고 타라스 형, 형은 우리 마을에 있는 소를 모조리 사 버렸어요. 사람들은 금화를 먹지 못하니 마을 사람들은 먹을 것이 하나도 없게 되었죠. 나는 형님들을 도와준 게 후회스럽군요."

형들은 이반이 거절하자 새로운 계획을 세웠습니다.

"타라스, 내가 너에게 돈을 지킬 병사들을 나누어 줄 테니, 너는 내게 돈을 나누어 주거라."

유명 인사들의 톨스토이에 대한 평가

- "톨스토이의 산문은 영원(永遠)의 깊이에서 우리나와 자연(自然)처럼 나이도 없이 모든 시대를 산다!

  슈테판 츠바이크

- 톨스토이, 그는 세계적 천재이다.

  고리키

- 『안나 카레리나』는 세계 문학사상 가장 위대한 사회 소설이다.

  토마스 만

시몬이 말했습니다. 타라스가 이를 받아들여 두 사람은 왕이 되었습니다.

그동안 이반은 그의 재능과 착한 성품으로 인기가 높아졌습니다. 이반이 사는 나라의 사람들이 이반을 왕으로 선출했습니다.

큰 악마는 작은 악마들로부터 아무 소식이 없자 자신이 직접 살펴보려고 왔습니다. 큰 악마는 세 형제가 모두 성공해서 행복하게 살고 있는 것을 보았습니다. 큰 악마는 매우 화가 났습니다. 큰 악마는 자신이 직접 세 형제를 망하게 해야겠다고 마음먹었습니다.

우선 큰 악마는 위대한 장군으로 변장해 시몬에게 갔습니다. 큰 악마는 시몬에게 군대를 더욱 강력하게 만드는 방법을 알려 주었습니다. 그런 다음 큰 악마는 시몬에게 인도를 정복할 수 있을 거라고 말했습니다.

곧 시몬의 군대는 인도를 정복하기 위해 진군했습니다. 그러나 시몬은 큰 악마가 인도의 왕에게 비행기를 준 것은 알지 못했습니다. 이 비행기는 시몬의 군대 위로 폭탄을 떨어뜨렸습니다. 시몬은 전쟁에서 패하고 병사들은 모두 전사했습니다. 시

몬은 또다시 달아나야 했습니다.

다음으로 큰 악마는 타라스의 왕국으로 갔습니다. 큰 악마
는 매우 성공한 상인으로 가장해 높은 가격에 모든 것을 사들
였습니다. 곧 모든 사람이 큰 악마에게 물건을 팔길 원했습니
다. 처음에 타라스는 세금을 거둬들여 돈이 생기니 기뻤습니
다. 그러나 타라스가 물건을 사려고 하니 아무것도 살 수가 없
었습니다. 상인들 모두 더 많은 돈을 받을 수 있는 큰 악마에게
물건을 팔려고 했습니다. 타라스가 더 높은 가격을 제시했지
만 큰 악마는 그러면 더 높은 가격을 제시했습니다.

곧, 사람들이 타라스와 하는 거래는 그에게 세금을 내는 것
밖에 없게 되었습니다. 타라스는 황금이 산더미처럼 있었지만
먹을 음식조차 살 수가 없었습니다. 굶주림에 지쳐 타라스는
그의 왕국에서 달아났습니다.

다음으로 큰 악마는 이반의 왕국을 찾아갔습니다. 큰 악마
는 장군의 모습을 하고 이반에게 말했습니다.

"이반 왕이시여, 당신은 군대를 만드셔야 합니다. 저는 당신
네 백성들을 강력한 병사로 변모시킬 수 있습니다."

"좋아요. 하지만 병사들에게 노래하고 춤추는 것도 가르쳐
야 해요."

이반이 흔쾌히 승낙했습니다.

큰 악마는 젊은이들에게 입대할 것을 권했습니다. 큰 악마는 보드카와 군복을 주겠다고 약속했습니다.

그러나 젊은이들은 웃기만 했습니다.

"우리는 보드카를 넉넉히 가지고 있어요. 그리고 우리는 군복 같은 건 필요 없어요."

"군대에 들어오지 않는다면 죽음으로 처벌받을 걸세."

큰 악마가 위협했습니다.

"병사가 된다면 우린 결국 싸우다 죽게 될 거예요."

젊은이들이 대답했습니다.

"병사들은 죽을 수도 있고 죽지 않을 수도 있어. 하지만 입대하지 않는다면 자네들은 분명 죽게 될 거야."

큰 악마가 화가 나서 말했습니다.

그러자 젊은이들은 이반에게로 갔습니다.

"어떤 장군이 우리가 군대에 입대하지 않으면 왕께서 우리를 죽일 거라고 해요."

이반이 웃으며 말했습니다.

"군대에 들어가기 싫으면 가지 않아도 돼."

화가 난 큰 악마는 타르카니아라는 이반의 이웃 나라에 왕을 찾아가 왕에게 이반네 나라는 빼앗기 쉬울 거라고 말했습니다. 타르카니아의 왕은 이반의 나라를 공격하기로 결심했습니다.

그러나 병사들이 이반네 나라에 도착했을 때 아무도 그들과 싸우려 하지 않았습니다. 대신, 이반네 나라 사람들은 병사들에게 음식과 마실 것을 대접했습니다.

병사들은 자기네 왕에게 말했습니다.

"우리는 더 이상 싸우고 싶지 않아요. 이곳 사람들은 친절하고 평화로워요. 우리는 그들과 함께 살고 싶어요."

타르카니아 왕은 어쩔 수가 없었습니다. 그는 혼자서 자신의 왕국으로 돌아갔습니다.

큰 악마는 더욱 화가 났습니다. 그가 이반에게 맞서 시도한 일은 모두 실패로 돌아습니다.

큰 악마는 한 번만 더 시도해 보기로 마음먹었습니다. 큰 악마는 고결한 사상가로 변신했습니다. 큰 악마는 이반에게로 가 말했습니다.

"당신들에게 지혜를 일깨워 주고 싶소."

"좋아요. 우리와 함께 지내요."

이반이 말했습니다.

톨스토이가 「바보 이반」을 통해 말하고자 한 것

톨스토이는 러시아 백성이 열심히 일을 해도 가난에서 벗어나지 못하는 이유가 귀족에게 있다고 생각했어요. 귀족들이 많은 땅을 독차지하고는 자신의 힘으로 일하지 않고 농민들의 희생을 제물 삼아 놀고먹는 것을 비판했어요. 그래서 톨스토이는 소설 「바보 이반」에서 바보 나라의 왕이 된 바보 이반을 통해 러시아 귀족들의 사치와 탐욕을 비판하고 정직하게 땀 흘려 일하는 러시아 농민들의 성실함을 높이 평가했어요. 「바보 이반」은 전쟁과 귀족들의 횡포로 인해 고통받는 러시아 농민들의 희생을 고발하는 사회 비판 소설이에요.

다음 날, 큰 악마는 마을로 가 이렇게 말했습니다.

"여보시오, 내 말을 들어 보오. 내게 집을 지어 주면 금화로 값을 치르겠소."

사람들은 반짝이는 금화를 보고 감탄했습니다. 사람들은 큰 악마를 위해 집을 짓기 시작했습니다. 농부들은 금화와 음식을 맞바꾸었습니다.

사람들은 금화를 여자들을 위한 보석이나 아이들을 위한 장난감을 만드는 데 사용했습니다. 하지만 사람들은 곧 자기들이 원하는 만큼 금화를 가지게 되었습니다. 갑자기 사람들은 고결한 사상가와 거래하는 것을 그만두었습니다.

큰 악마는 어리둥절했습니다. 그는 여러 집을 돌아다니며 금화와 음식을 바꾸려고 했습니다. 그러자 사람들이 말했어요.

"금화 말고 다른 것을 주면 음식과 바꿀게요. 아니면
그리스도의 이름으로 도와 달라고 부탁하면 원하는 것을
드리지요."

그러나 큰 악마는 황금밖에 가진 것이 없었고, 그리스도의
이름을 듣는 것만으로도 상처를 입었습니다.

결국, 큰 악마는 이반의 집을 찾아갔습니다. 큰 악마는 배가
고팠습니다. 이반의 누이동생이 식사를 내왔습니다. 그러나
이반의 나라에서는 거칠고, 검고, 열심히 일하는 손을 가진 사
람들이 먼저 음식을 받았습니다. 부드럽고 하얀 손을 가진 사

람들에게는 음식을 주지 않았습니다. 이런 사람들은 남은 음
식을 기다려야 했습니다.

물론, 고결한 사상가는 하얗고 부드러운 손에 손톱까지 길
게 기르고 있었습니다. 이반의 여동생은 그 손을 보자 큰 악마
를 밀쳐냈습니다.

"화내지 마세요. 이게 우리 법이에요."

이반이 말했습니다.

"손으로만 일하는 줄 아시오? 당신은 어리석군요. 많은 어려
운 일이 머리를 쓰는 사람들에 의해 이루어진다오."

이반은 큰 악마의 말에 크게 감명을 받았습니다. 큰 악마는

이반네 백성들에게 머리를 써서 일하는 법을 가르쳐 주겠다고 이반에게 말했습니다.

다음 날, 큰 악마는 높은 탑에 올라가 사람들에게 말했습니다. 많은 사람이 그의 얘기를 듣기 위해 몰려왔습니다. 그러나 그들은 큰 악마가 하는 말을 이해하지 못했습니다. 사람들은 큰 악마가 머리로 일하는 것을 보려고 기다렸지만 큰 악마는 말만 할 뿐이었습니다. 마침내, 큰 악마는 굶주림으로 몸이 너무 약해져 탑에서 추락했습니다. 떨어지면서 큰 악마의 다리에 밧줄이 걸렸고 큰 악마의 몸이 좌우로 흔들리면서 머리가 탑의 벽에 부딪혔습니다.

그때 사람들이 소리쳤습니다.

"드디어! 고결한 사상가가 머리로 일을 한다!"

이반은 큰 악마를 보고서 말했습니다.

"그렇구나. 머리로 일하는 것은 힘들구나. 머리를 저렇게 부딪히기보다는 손을 거칠게 하는 게 낫겠다."

그 순간 밧줄이 끊어지면서 큰 악마는 땅으로 떨어졌습니다. 이반은 고결한 사상가에게로 달려갔지만 이반이 본 것은 바닥에 쓰러져 있는 큰 악마였습니다.

"하느님 맙소사, 이게 대체 뭐야?"

큰 악마는 땅에 커다란 구멍만을 남긴 채 사라져 버렸습니다.

그 후로도 이반과 백성들은 열심히 일을 했습니다. 그래서 누구도 부럽지 않을 정도로 평화롭고 풍요로운 나라를 만들었습니다. 이 모습을 본받아 시몬과 타라스도 열심히 일을 하기 시작했습니다. 그리고 시몬의 나라와 타라스의 나라도 행복한 나라가 되었답니다.

그후 이반의 나라에는 많은 백성이 몰려왔습니다. 굶주린 사람들이 이반의 나라에 찾아오면 언제든 그들을 환영했습니다.

"어서들 오세요. 여긴엔 모두들 평화롭고 살기가 좋답니다."

그러나 이반의 나라에는 중요한 법이 있었습니다. 그것은 손에 굳은살이 박힌 사람은 식탁에 앉게 되지만 굳은살이 박히지 않은 사람은 식탁 아래에서 먹다 남은 찌꺼기 따위를 얻어 먹어야 한다는 것입니다.

공정한 재판관

Leo Tolstoy

◆ ◆ ◆

옛날 아프리카의 어느 나라에 바우아카스라는 왕이 살고 있었습니다. 어느 날, 왕은 자신의 나라에 유명한 재판관이 있다는 소문을 듣게 되었습니다. 이 재판관은 어떤 재판을 맡게 되더라도 진실을 가려내 공정하고 현명한 판결을 내린다는 것이었습니다. 왕은 어떤 사기도 거짓말도 통하지 않는다는 그 재판관이 정말로 그렇게 현명하고 지혜로운 사람인지 궁금해졌습니다. 그래서 상인으로 변장을 하고 몰래 궁전을 빠져 나가 직접 그 재판관을 만나 보기로 하였습니다.

말을 타고 재판관을 만나러 가는 길에 왕은 거지 한 명을 만나게 되었습니다. 그 거지는 불쌍한 얼굴을 하고 왕에게 구걸하였습니다.

"훌륭하신 나리. 제발 저를 불쌍하게 생각하시어 동전 몇 닢이라도 나누어 주시면 안 되겠습니까? 제가 이렇게 부탁을 드립니다."

왕은 가엾다는 생각이 들어 거지에게 동전 몇 닢을 던져 주었습니다. 그런데 이 거지가 왕에게 또 부탁을 하는 것이었습

니다.

"나리, 가시는 길에 저도 좀 그 말에 태워 주시면 안 되겠습니까? 며칠을 제대로 먹지 못했더니 다리에 힘이 하나도 없습니다."

왕이 탄 말은 크고 튼튼했습니다. 두 사람을 태우는 것은 아무것도 아니었습니다. 왕은 기꺼이 거지의 부탁을 들어주었습니다. 그런데 목적지에 도착한 후, 갑자기 거지의 행동이 달라졌습니다.

"아니, 이 말은 내 것인데 왜 내가 내려야 하오? 여기까지 태워다 준 것만도 감사해야 할 일인데, 내 말을 자기 것이라 우겨 빼앗으려 들다니 괘씸하구려!"

왕은 어이가 없었습니다. 하지만 잠시 생각을 하던 왕은 차라리 잘된 일이다 싶었습니다.

'그래, 이 일로 그 재판관을 찾아가는 거야. 이 말이 누구의 말인지 판결을 내려 달라고 부탁을 하는 거지. 어떤 판결을 내리는지 내 눈으로 직접 본다면 그 사람이 과연 그렇게 훌륭한 사람인지 확인할 수 있을 거야.'

왕은 거지와 함께 말을 끌고 재판관을 찾아갔습니다.

재판정에는 이미 많은 사람이 재판을 받기 위해 기다리고 있었습니다. 왕과 거지도 사람들 틈에 줄을 섰습니다. 그러자 재판관이 나타났습니다. 그는 제일 앞에 서 있던 사람들을 먼저 불렀습니다.

"그래, 무슨 일로 재판을 받으러 왔는가?"

먼저 학자로 보이는 남자가 나서며 이렇게 말했습니다.

"현명하신 재판관님, 저기 저 여자는 저와 오랜 세월을 함께한 제 아내가 분명합니다. 그런데 이 농부가 갑자기 나타나 저 여자가 본래부터 자신의 아내였다고 우기고 있습니다."

비판적 지식인으로서 톨스토이

톨스토이는 명문가 출신의 귀족이었지만 자신의 신분과 재산을 지키기보다 귀족들의 탐욕과 횡포를 비판하는 문학 활동을 했어요. 그러자 이에 반발한 러시아 귀족들은 정부에 압력을 넣어 톨스토이의 저서 『참회록』과 『그렇다면 우리는 무엇을 할 것인가?』 등이 출판 금지를 당하게 했어요. 하지만 오히려 독자들은 필사본이나 등사본으로 몰래 책을 돌려 읽었고, 유럽, 미국, 아시아 등의 다른 나라에서 출판된 그의 작품은 베스트셀러가 되었어요. 또한 그는 위선적이고 독선적인 교회에 대해서도 비판하는 등 사회에 부당한 것에 눈감지 않고 늘 약자들의 편에 서서 자신의 양심에 따라 행동하기를 주저하지 않았어요.

그러자 농부가 억울하다는 듯이 하소연했습니다.

"아닙니다, 판사님. 저 여자는 제가 오래전부터 찾고 있던 제 아내가 분명합니다. 이 사람이 거짓말을 하고 있는 거라고요!"

재판관은 학자와 농부 그리고 어쩔 줄을 모르고 서 있는 여자를 차례로 훑어보았습니다. 그러더니 이렇게 말했습니다.

"이 재판에 대한 판결은 내일 하겠다. 학자와 농부는 각자의 집으로 돌아갔다가 내일 다시 오너라. 여자는 이 재판정에서 묵게 하겠다."

학자와 농부가 물러간 뒤, 이번에는 기름장수와 고기장수가 재판관 앞에 섰습니다. 고기장수의 옷에는 고기의 피가 잔뜩 묻어 있었고, 기름장수의 옷에는 온통 기름이 묻어 있었습니다. 고기장수는 한 손에 돈을 한가득 쥐고 있었고, 기름장수는 그런 고기장수의 손을 붙잡고 있었습니다.

고기장수가 말했습니다.

"재판관님. 제가 기름을 사고 지갑에서 돈을 꺼내 기름값을 치르려고 하는데 갑자기 이 사람이 제 손을 붙잡고 돈을 모두 빼앗아 가려고 했습니다. 그래서 지금 제 손에는 돈이 들려 있고, 저 사람은 제 손을 잡고 있는 것입니다. 저 기름장수는 제 돈을 빼앗아 가려는 도둑입니다!"

그러자 기름장수도 지지 않고 소리쳤습니다.

"아닙니다, 재판관님! 저 고기장수가 기름을 달라고 해서 주었는데, 기름값은 꺼내지 않고 자기가 금덩어리가 있으니 그 금덩어리를 돈으로 바꿔 달라고 말했습니다. 그런 다음에 기름값을 치르겠다는 것이었지요. 그래서 제가 돈을 꺼내 드리까 저 사람이 제 손에서 돈을 가로채려고 하지 뭡니까? 그래서 제가 이렇게 손을 붙잡아 재판정으로 온 것입니다!"

재판관은 이번에도 두 사람의 말을 찬찬히 듣더니 이렇게 말했습니다.

"두 사람은 돈을 여기에 두고 집에 갔다가 내일 다시 오시오."

이제 왕과 거지의 순서가 되었습니다. 왕은 이제껏 거지와의 사이에서 있었던 일을 모두 이야기해 주었습니다. 그러자 거지가 억울하다는 듯이 소리쳤습니다.

"아닙니다, 재판관님! 저 말은 분명히 제 것입니다. 이 사람이 다리가 아프다기에 제가 인정을 베풀어 태워 준 것이라고요. 그런데 은혜도 모르는 이 사람이 자기 말이라고 우기고 있는 것입니다. 부디 현명한 판단을 내려 주십시오!"

재판관은 이번에도 똑같은 말을 했습니다.

"두 사람은 말을 여기에 두고 돌아갔다가 내일 다시 오시오."

다음 날이 되어 왕과 거지는 재판관을 다시 찾아갔습니다. 재판정에는 많은 사람이 판결을 궁금해하며 모여 있었습니다. 왕도 재판관이 어떤 판결을 내릴지 흥미를 가지고 지켜보았습니다.

먼저 농부와 학자에 대한 판결이 내려졌습니다. 재판관은 망설임 없이 판결을 내렸습니다.

"이 여자는 학자의 아내가 분명하다. 학자는 아내를 데리고 집으로 가고, 거짓말을 한 저 농부는 매 스무 대를 때려라!"

여자가 원래 학자의 아내였음을 알고 있던 사람들은 재판관의 현명한 판결에 박수를 보냈습니다.

다음은 고기장수와 기름장수의 차례였습니다.

"이 돈은 고기장수의 것이다. 고기장수는 이 돈을 가져가고, 기름장수는 매 스무 대를 때려라!"

이번에도 사람들은 재판관이 정확한 판결을 내릴 줄 알았다며 감탄하였습니다.

이제 왕과 거지의 차례가 되었습니다.

"당신들은 각각 따로 마구간으로 가 거기 있는 스무 마리의 말 가운데 자신의 말을 찾아내시오."

왕은 마구간에서 곧바로 자신의 말을 찾아내었습니다. 어제 유심히 말의 생김을 보아 두었던 거지도 어렵지 않게 말을 찾아내었습니다. 그 모습을 지켜본 재판관은 이렇게 판결을 내렸습니다.

"당신은 말을 데리고 돌아가고, 이 거지는 매 스무 대를 때려라!"

왕은 재판관의 정확한 판결이 너무나 놀라웠습니다. 그래서 판결을 끝낸 재판관을 찾아갔습니다.

"재판관님. 제가 보기에는 다 판결이 쉽지 않은 문제였습니다. 그런데 어떻게 그렇게 진실을 정확히 가려낼 수 있었는지 요?"

판사는 빙그레 웃으면서 말했습니다.

"조금만 생각해 보면 그다지 어렵지 않은 문제들이었습니다. 먼저, 아침에 여자를 불러서 제가 쓰는 빈 잉크병에 잉크를 좀 따라 달라고 부탁했지요. 그랬더니 여자는 잉크병을 재빠르게 씻어서 깔끔하게 잉크를 채워 넣었습니다. 아마 농부의 아내였다면 그렇게 하지 못했을 겁니다."

재판관의 지혜로움에 왕은 깜짝 놀랐습니다. 재판관의 말이 이어졌습니다.

"고기장수가 들고 있던 돈은 어제 깨끗한 유리컵에 넣어서 물을 부어 두었지요. 그리고 아침에 컵에 든 물을 살펴보았습니다. 만약 그 돈이 기름장수의 것이었다면 물에 기름이 둥둥 떴을 테니까요. 그러나 컵 속의 물은 돈에 배어 있던 고기의 피 때문에 불그스름했습니다. 그러니 그 돈은 고기장수의 것이겠지요."

왕은 감탄을 금할 수 없었습니다.

"그러면 그 말이 제 것이라는 것은 어떻게 아셨는지요?"

"아, 그 문제는 사실 조금 어려웠습니다. 제가 두 사람을 마구간으로 데려간 것은 당신들이 말을 잘 찾아내는지를 보기 위해서가 아니었답니다. 오히려 말이 당신들을 알아보는지를 살펴보기 위해서였지요. 당신이 다가갔을 때, 말은 고개를 위로 향하며 반가움을 표했습니다. 하지만 거지가 다가갔을 때는 아니었습니다. 귀를 쫑긋 세우고 긴장하는 기색을 보였지요. 이제 다 이해가 되셨습니까?"

왕은 흐뭇하게 고개를 끄덕이며 그제야 재판관에게 자신의 신분을 밝혔습니다.

"나는 사실 이 나라를 다스리는 왕 바우아카스다. 네가 현명한 판결을 내리는 훌륭한 재판관이라는 소문을 듣고 사실인지 확인해 보러 이렇게 온 것이니라. 그런데 직접 보니 소문보다 훨씬 훌륭하구나. 우리나라에 너 같은 재판관이 있다는 것이 자

러시아 정교회

그리스도교는 크게 로마 가톨릭과 기독교(개신교) 그리고 동방 정교회(그리스 정교회)의 3대 분파로 나뉠 수 있어요. 모두 뿌리는 같지만 교리나 교회를 운영하는 방식에 있어 차이가 있어요. 동방 정교회는 그리스도교의 한 교파로서 주로 러시아, 발칸 반도, 서아시아 지역에 분포해 있어요. 러시아 정교회는 동방 정교회 중에서 가장 큰 교세를 가진 러시아 자치 교회를 말해요. 러시아 정교회는 몇 번의 위기를 맞이하는데, 특히 1917년 러시아 혁명 이후 반종교적인 소비에트 연방 정권의 박해를 받으며 많은 종교 활동에 제한을 받았어요. 현재는 소비에트 연방 체제가 붕괴되어 서서히 러시아 정교회가 살아나고 있다고 해요.

랑스럽다. 앞으로도 내 백성을 위해 현명하고 지혜로운 판결을 내려 주기 바란다."

방금 전까지 자신과 이야기하던 사람이 왕이라는 사실을 안 재판관은 얼른 자리에서 일어나 공손하게 머리를 숙였습니다. 그리고 조용히 말했습니다.

"폐하, 저는 그저 당연히 제가 해야 할 일을 했을 뿐입니다."

똑같은 유산

　어느 마을에 아들 둘을 둔 큰 부자가 살고 있었습니다. 부자는 두 아들 중 큰아들을 몹시 사랑해서 모든 재산을 큰아들에게 물려주고 싶어 했습니다. 하지만 두 아들을 모두 사랑하는 부자의 아내는 이런 남편의 생각을 알고 마음이 편치 않았습니다.

　"여보, 둘 다 우리의 아들들인데 재산을 똑같이 나누어 주어야 하지 않을까요?"

　그러나 부자의 생각은 흔들림이 없었습니다.

　"나는 큰아들이 더 나의 뜻을 잘 이어받을 것이라 생각하오. 그러니 모든 재산을 큰아들에게 주겠다는 결심은 변하지 않을 것이오."

　한숨을 쉰 부자의 아내는 남편에게 이렇게 말했습니다.

　"좋아요, 여보. 그렇지만 이 한 가지 부탁만은 꼭 들어주세요. 당신이 건강하니 아이들에게 유산을 물려줄 때는 아직 멀었어요. 그때까지만이라도 이 사실을 아들들에게 알리지 말아주세요. 미리부터 둘째가 실망하는 모습을 보고 싶지 않아서 그래요."

"좋소. 그렇게 하도록 하지."

약속대로 부자는 아들들에게 유산에 대한 이야기를 하지 않았습니다. 하지만 작은아들을 생각하는 아내의 마음은 날이 갈수록 초조하고 답답해졌습니다.

머칠을 고민하던 아내는 지혜롭기로 소문난 마을의 어른을 생각해내었습니다. 한달음에 노인에게 달려간 아내는 자신의 고민을 노인에게 털어놓았습니다.

"어르신은 해결 못하는 일이 없을 정도로 지혜롭다고 들었습니다. 제발 저의 고민을 해결해 주십시오."

아내의 이야기를 들은 노인은 대수롭지 않다는 듯이 말했습니다.

"너무 답답해할 필요 없네. 당장 집에 가서 아들들에게 이야기하게나. 아버지가 큰아들에게 모든 재산을 다 줄 작정이라고 말일세. 작은아들에게는 단 한 푼의 재산도 남기지 않을 것이라고 분명히 말을 하란 말이지."

노인의 말을 들은 아내는 깜짝 놀랐습니다.

"예? 어르신, 저는 아들들에게 남편의 재산을 똑같이 나눠 줄 수 있는 방법을 여쭤 보러 온 것인데요……."

여우이지만
고슴도치라 믿었던 톨스토이

톨스토이에 관해 논한 영국의 정치학자 이사야 벌린은 '고슴도치와 여우'라는 재미있는 비유를 들어요. "여우는 잡다한 것을 알지만, 고슴도치는 굵직한 것 하나를 안다." 그리고 그는 세계의 위대한 작가를 평생 다양한 사실을 추구한 여우 유형과 평생 하나의 원칙을 고수한 고슴도치 유형으로 나누어요. 예를 들어 아리스토텔레스, 몽테뉴, 괴테, 발자크는 여우 유형이고 플라톤, 파스칼, 헤겔, 니체는 고슴도치 유형이라고 해요. 여기서 이사야 벌린은 "톨스토이가 천성적으로는 여우지만, 그 스스로는 고슴도치라고 믿었다는 것이다"고 가정했어요. 어쩌면 이것이야말로 톨스토이가 평생 괴로워한 가장 적절한 이유일지도 모르겠어요. 그의 타고난 재능은 가장 작가에 어울렸지만 그는 스스로 성인이 되고자 했다는 것이지요. 그로 인해 그는 가족과 세상 그리고 자기 자신과도 불화할 수밖에 없었다는 주장이에요.

노인은 빙그레 웃으면서 말했습니다.

"내 말대로 해 보게. 그리하면 결국 두 아들은 똑같이 유산을 받은 셈이 될 것이라네."

아내는 노인의 말이 썩 미덥지는 않았지만, 지혜롭다고 칭송이 자자한 분의 말씀이니 믿고 따르기로 했습니다. 그래서 집으로 돌아가 노인이 말한 대로 두 아들들에게 유산에 관한 이야기를 전했습니다.

자신에게 돌아올 유산이 없다는 것을 알게 된 작은아들은 그날부터 열심히 학문과 기술을 익혔습니다. 그러나 아버지의 많은 재산을 혼자 다 받게 될 것이라는 기대에 부푼 큰아들은 유산을 받을 날만을 기다리며 아무것도 하지 않았습니다.

그리고 세월이 흘러 부자가 죽음을 맞이하였습니다. 부자는 생전에 말했던 대로 큰아들에게 모든 재산을 물려주었습니다. 큰아들은 신이 나서 물려받은 재산을 흥청망청 쓰기 시작했습니다. 작은아들은 묵묵히 그동안 갈고 닦은 학문과 기술을 이용해 자신의 일을 하기 시작했습니다.

그리고 채 몇 해가 지나지 않아 부자의 부인은 두 아들을 지켜보면서 자신에게 지혜를 빌려 주었던 노인이 얼마나 현명한 사람이었는지 깨달았습니다. 아버지가 물려준 재산만 믿고 아무것도 하지 않고 놀기만 하던 큰아들은 얼마 지나지 않아 그 많은 재산을 다 써 버리고 가난해졌습니다. 하지만 아무것에도 의지하지 않고 스스로의 힘으로 재산을 일궈 나가던 작은아들은 세월이 흐를수록 점점 더 부자가 되어 갔습니다. 결국, 큰아들은 부자였지만 가난해졌고, 작은아들은 가난했지만 부자가 되었던 것입니다.

"아아, 이래서 그 노인이 결국은 똑같은 유산을 받은 셈이 될 것이라고 했었구나!"

불을 놓아두면
끄지 못한다

Leo Tolstoy

이반 쉬체르바코프라는 농부가 있었습니다. 그는 아주 성실한 일꾼이었습니다. 그에게는 아들이 셋 있었는데, 그중 큰아들은 이미 착하고 일 잘하는 여인을 만나 결혼했습니다.

이반은 늙은 부모님을 모시고 있었는데, 그의 아버지는 천식으로 7년째 병석에 누워 있었습니다. 하지만 그것을 빼면 이반에게는 정말이지 부족한 것이 하나도 없었습니다. 집안의 여자들은 옷과 신발을 만들고 밭일을 도왔으며, 이반을 비롯한 남자들은 열심히 농사일을 했습니다. 그 덕분에 이반과 식구들은 풍족한 생활을 할 수 있었습니다.

그러던 어느 날이었습니다. 이반은 이웃인 고르제이 이바노프 노인의 아들인 가브릴로 고르제예프와 심하게 싸웠습니다. 고르제이 노인이 살아 있고 이반의 아버지가 아직 건강하던 시절, 두 집은 아주 사이가 좋았습니다. 물통이 필요하거나 곡식을 넣을 자루가 필요하거나, 수레바퀴를 갈아야 한다거나 하면 바로 달려가 도와주곤 했습니다. 간혹 상대방의 송아지가 자신의 집 마당에 들어오면 화를 내는 대신 이렇게 말했습니다.

"자네 송아지가 우리 집으로 넘어오지 못하게 해 주게. 마당에 짚단을 널어놓았거든."

송아지를 마당에 감추어 버리거나 서로 욕설을 퍼붓는 일은 전혀 없었습니다. 하지만 가브릴로와 이반이 집안의 가장이 된 지금, 상황은 너무나 달라졌습니다. 두 사람은 매일같이 싸웠는데, 그 이유는 아주 하찮은 것이었습니다.

이반의 며느리는 닭을 기르는 일을 맡고 있었습니다. 닭이 알을 낳기 시작하자, 그녀는 부활제에 쓰기 위해 달걀을 정성껏 모아 두었습니다. 그런데 어느 날, 암탉이 무엇에 놀랐는지 울타리를 넘어 이웃집 마당에서 알을 낳았습니다. 며느리는 멀리서 암탉이 꼬꼬댁거리는 소리를 듣고 생각했습니다.

'일단 축제가 얼마 남지 않았으니 집 안 청소부터 해야겠다. 알은 나중에 가서 꺼내야지.'

며느리는 암탉이 옆집 마당에서 알을 낳았다는 것을 미처 몰랐던 것입니다. 며느리가 일을 마치고 우리에 가 보니 달걀이 없었습니다. 그러자 막내 시동생인 타라스카가 말했습니다.

"형수님, 암탉이 이웃집 마당에서 알을 낳았던데요."

며느리는 암탉을 쳐다보았습니다. 암탉은 아무것도 모른다는 듯 홰에 올라앉아 잠을 자고 있었습니다. 며느리가 옆집으로 가자 그 집 할머니가 나왔습니다.

"실례합니다. 아무래도 우리 닭이 이 집 마당에서 알을 낳은 것 같아서요."

"아무래도 잘못 안 것 같은데. 그런 일은 전혀 없어. 우리도 엄연히 닭을 키우고 있단 말이야. 누구처럼 남의 집 마당을 살피면서 달걀을 찾아다닐 필요가 없지."

이 말에 화가 난 며느리는 언짢은 소리를 했고, 결국 두 여자는 심하게 말다툼을 했습니다. 그때 물통을 메고 돌아오던 이반의 아내가 이 광경을 보고 끼어들었습니다. 그러자 가브릴로의 아내도 뛰어나왔습니다. 집으로 돌아오던 가브릴로 역시 자신의 아내 편을 들며 싸움에 끼어들었고, 소식을 들은 이반도 아들을 데리고 달려 나와 어느새 난장판이 벌어졌습니다. 건장한 체구를 지닌 이반은 가브릴로의 턱수염을 한 줌이나 뽑아 버렸습니다. 동네 사람들이 말려서 싸움은 간신히 끝날 수 있었습니다. 분이 풀리지 않은 가브릴로는 잔뜩 뜯긴 턱수염과 진정서를 가지고 읍사무소에 가서 말했습니다.

"내가 턱수염을 기른 건 저 곰보딱지 이반에게 뜯기기 위해서가 아닙니다!"

가브릴로의 아내는 동네 사람들에게 이반이 소송에 져서 시베리아에서 벌을 받게 될 것이라는 이야기를 퍼뜨리고 다녔습

톨스토이 작품의 이해

톨스토이 작품들은 이웃에 대한 사랑, 선과 악, 신앙과 불신, 죽음과 삶의 의미 등의 무거운 주제를 톨스토이 특유의 설득력과 함께 이해하기 쉽고 힘 있게 그려 내고 있어요. 이것은 톨스토이의 가장 뛰어난 특징 가운데 하나인데 그는 자연과 인간의 삶을 세밀하게 관찰하고 또 그 자체를 사랑했어요. 러시아 문학에 있어서 톨스토이만큼 철저한 사실주의자는 없었고 또 그만큼 구체적이고 이 세상의 삶의 방식에 애착을 가진 작가도 드물다고 평가돼요. 그리고 그것이 그의 소설에 그토록 발랄한 생명감을 부여해 주는 원동력이 되고 있어요.

니다. 사이좋았던 이웃은 이렇게 한순간에 원수가 되어 버렸습니다. 이반의 아버지는 아들을 타일렀습니다. 그러나 이반은 눈 하나 꿈쩍하지 않았습니다.

"너희들은 정말 어리석구나. 별것 아닌 일로 이렇게 싸움을 벌이다니. 생각해 보아라. 달걀 하나 때문에 이렇게 싸우다니! 옆집 아이가 우리 집 달걀 하나를 주운 것이 뭐가 그리 나쁘냐? 달걀 하나가 얼마나 한다고. 우리 모두는 하느님의 자식 아니겠느냐. 저쪽에서 욕을 하면 고운 말을 쓰도록 가르쳐 주면 된다. 치고받고 싸웠다 해도 죄 많은 인간끼리 한 것이니 누구의 잘못을 탓할 수 없다. 그러니 어서 가서 가브릴로와 화해하도록 해라. 이러다간 정말 완전히 멀어져 버리겠구나."

이반은 아버지가 쓸데없이 잔소리한다며 투덜거렸습니다.

"나는 가브릴로 자식의 턱수염을 뽑은 적 없어! 놈이 흥분해서 날뛰다가 제 손으로 뜯은 거라고! 오히려 그 자식의 아들놈이야말로 내 머리카락과 외투를 다 쥐어뜯어 놓았다고!"

이반 역시 읍사무소에 가 가브릴로를 고소했습니다. 두 사람은 중재 재판소에서도, 마을 재판소에서도 끊임없이 다투었습니다. 그러던 와중에 가브릴로의 수레바퀴 바퀴통이 없어졌습니다. 가브릴로의 어머니와 그의 아내는 모두 이반의 짓이라고 말했습니다. 결국 또다시 소송이 벌어졌습니다. 가브릴로와 이반의 가족들은 어린아이부터 어른들까지, 서로 만나기만 하면 무조건 싸워 댔습니다. 심지어는 며느리들이 각자 자신의 아이를 시켜 서로의 물건을 훔치기까지 했습니다.

중재 재판소에서는 이반과 가브릴로를 포기하고 말았습니다. 가브릴로가 이반에게 벌금을 물리거나 유치장 신세를 지게 하면, 다음에는 이반이 가브릴로에게 똑같이 해 주었습니다. 어느덧 소송은 6년이나 계속되었습니다. 이반의 아버지는 같은 말을 되풀이했습니다.

"도대체 이게 무슨 짓들이냐? 이제 그런 부질없는 싸움은 집어치우고 일에 전념해라. 남을 괴롭힐 생각만 하다간 너 역시

똑같이 당하고 만다. 화를 내면 낼수록 더욱 악화될 뿐이야."

하지만 집안 사람 그 누구도 노인의 말을 듣지 않았습니다.

7년째 되던 해, 이반의 아내와 가브릴로는 한 잔치에서 우연히 만나 또 심하게 다투었습니다. 화가 난 가브릴로는 이반의 아내를 밀쳤는데, 아이를 임신하고 있던 그녀는 이 일로 일주일이나 끙끙 앓아야 했습니다. 화가 머리끝까지 치솟은 이반은 고소장을 가지고 예심 판사에게 갔지만, 판사는 소송을 받아들이지 않았습니다. 그러자 이반은 서기와 배심원들에게 술을 대접하며 환심을 샀습니다. 결국 가브릴로는 태형을 받게 되었습니다.

"재판소는 다음과 같이 판결한다. 농부 가브릴로 고르제예프에게 태형 20대를 선고하노라."

얼굴이 창백해진 가브릴로가 이반을 향해 외쳤습니다.

"날 매 맞게 하고도 네가 무사할 줄 아느냐? 조만간 네 등에서 불이 나지 않게 조심해라!"

그러자 이반은 당장 판사에게 달려가 말했습니다.

"판사님, 글쎄 가브릴로가 제 집에 불을 질러 버리겠다고 하지 뭡니까? 한번 물어보십시오. 수많은 증인이 있으니까요."

판사는 가브릴로에게 이반의 말이 사실이냐고 물었습니다.

"저는 맹세코 그런 말을 한 적 없습니다. 자, 판사님의 권한으로 어서 절 때리시지요. 죄 없는 저를 매 맞게 하고도 이반이 무사할지 두고 보겠습니다."

가브릴로는 분노와 걱정으로 입술과 뺨을 덜덜 떨었습니다. 그 모습을 본 판사들이 흠칫 놀랐습니다. 나이 많은 판사가 말했습니다.

"이봐, 자네들. 이제 그만 화해할 때도 되지 않았나? 가브릴로, 자네도 그래. 아무리 그래도 임신한 여자를 밀쳐서야 되겠나? 하느님이 보살펴 주셔서 다행인 줄 알게. 그러지 말고 이반에게 사과하게. 아마 이반도 받아 줄 걸세. 그러면 나도 판결을 다시 내리지."

그러자 서기가 말했습니다.

"안 됩니다, 판사님. 형법 제117조에 의한 쌍방의 화해가 성립되지 않았고, 재판소의 판결이 내려졌으니 그 판결을 실행해야만 합니다."

"이봐, 제1조는 하느님을 잊어버리지 않는 것이네. 그러니 쓸데없는 참견 말게. 하느님께서는 언제나 화목하라고 하셨으니까."

그러나 가브릴로와 이반은 서로 화해하려 하지 않았습니다.

가브릴로가 말했습니다.

"저는 1년 뒤엔 쉰 살이 됩니다. 아들도 며느리도 있지요. 저는 태어나서 단 한 번도 남에게 매를 맞은 적이 없습니다. 그런데 이 곰보딱지 이반 놈이 저를 채찍 밑으로 몰아넣으려 합니다. 그런데도 제가 저 녀석에게 빌어야 합니까? 천만의 말씀입니다! 이반, 두고 봐라!"

가브릴로의 입술이 다시 파르르 떨렸습니다. 그는 그대로 아무 말도 하지 않은 채 나가 버렸습니다. 이반이 집으로 돌아갔을 때, 집 안에는 아무도 없었습니다. 의자에 앉은 이반은 낮에 있었던 일을 곰곰히 생각해 보았습니다. 그러자 태형 판결을 받고 새파래지던 가브릴로의 얼굴이 떠올랐습니다. 순간 소름이 끼친 이반은 문득 '내가 태형을 받게 되었다면 어땠을까?' 하고 생각했습니다. 그러자 가브릴로가 좀 안타깝게 느껴졌습니다. 그때 누워 있던 이반의 아버지가 힘겹게 몸을 일으켜 의자에 앉더니 말했습니다.

"재판은 어떻게 됐느냐?"

"가브릴로에게 태형 20대가 내려졌지요."

이반의 아버지가 고개를 저으며 말했습니다.

"이반, 잘 생각해 보아라. 너는 지금 좋지 못한 행동을 하고 있어. 가브릴로가 아닌 바로 너 자신에게 말이다. 가브릴로가 채찍을 맞아 등이 찢어져서 네게 좋을 것이 뭐가 있느냐?"

"왜 없습니까? 앞으로 그놈이 나쁜 짓을 안 하겠지요."

"도대체 가브릴로가 너에게 무엇을 잘못했다는 거냐?"

그러자 이반이 소리쳤습니다.

"그 자식은 제 아내를 죽일 뻔했습니다! 심지어 불을 지르겠다고 협박까지 했다고요!"

이반의 아버지는 한숨을 쉬었습니다.

"이반, 너는 자유롭게 세상을 돌아다니지만 나는 몇 년째 집에만 누워 있다. 아무래도 네가 나보다 세상에 대해 더 잘 알겠지. 하지만 네 눈은 증오심 때문에 흐려졌다. 남의 잘못은 환히 보이지만 정작 등 뒤에 감추어진 자신의 잘못은 전혀 모르고 있어! 가브릴로가 나쁜 짓을 했다

톨스토이 생애에 대한 평가

톨스토이의 생애에 대한 평가는 사람마다 제각각이에요. 프랑스의 소설가 로망 롤랑처럼 예술성과 인간성 모두 완벽하다고 평하는 사람이 있는가 하면 오스트리아의 소설가 슈테판 츠바이크처럼 예술가로서는 훌륭하지만 사상가로서는 부정적인 평가를 내리는 사람이 있어요. 또 영국의 사회학자이자 작가인 폴 존슨처럼 인격 파탄자라고 톨스토이를 비난하는 사람도 있어요. 그럼에도 불구하고 모두가 인정할 수밖에 없는 사실은 그가 위대한 작가였고, 완벽한 인간은 아니었을지 몰라도 역사 속에는 뚜렷한 메아리를 남겼다는 점이에요.

고? 그래. 하지만 가브릴로 혼자서 나쁜 짓을 했다면 싸움이 벌어질 리가 없다. 인간의 싸움은 혼자서 하는 것이 아니라 두 사람이 동시에 하는 것이니까. 가브릴로가 못된 놈이고, 네가 착한 놈이었다면 싸움이 일어났을 리가 없단 말이다.

가브릴로의 턱수염을 뽑은 것이 누구냐? 느릅나무를 빼앗은 것은 누구냐? 이 재판소에서 저 재판소로 가브릴로를 끌고 다닌 자가 누구냐? 그런데도 너는 모든 행동을 가브릴로의 탓으로만 돌리는구나. 이반, 나는 너를 이렇게 가르친 적 없다. 가브릴로의 아버지인 그 양반 역시 마찬가지다. 우리는 정말 다정한 이웃이었다. 부족한 물건이 있으면 서로 아낌없이 빌려 주었지. 그때 우리의 살림은 아주 넉넉했다. 하지만 지금은 어떠냐? 얼마 전 군인이 터키에서 벌어진 플레부나 전투에 대해 이야기했지. 그 전투보다 너희들의 싸움이 더 나쁘다는 생각은 안 드냐? 이것은 죄라고밖에 할 수 없다. 너는 남자고, 한 집안의 가장이다. 그런데 너는 네 가족들에게 도대체 무엇을 가르치고 있느냐?

며칠 전에도 네 동생인 타라스카가 옆집 사람에게 어처구니없는 말을 하고 있는데도, 네 어미는 그것을 보며 웃고 있었다.

이반, 이제는 영혼을 생각해야 한다. 그리스도께서 우리에게 가르쳐 주신 것은 그런 것이 아니다. 상대방이 뺨을 때리거든 한쪽 뺨도 마저 내밀고 '때릴 만한 이유가 있거든 이쪽 뺨도 때리시오' 하고 말할 수 있어야 한다. 그리스도께서 가르치신 것은 바로 이런 것이지 너처럼 고집을 피우는 것이 아니다. 내 말이 틀렸느냐?"

이반은 아버지의 말을 조용히 듣고 있었습니다. 이반의 아버지는 잠시 쿨럭거리며 기침을 한 뒤 말을 이었습니다.

"그리스도는 모든 것을 우리를 위해 가르치셨다. 지금 우리 살림을 생각해 보아라. 그 싸움이 시작된 이래로 집안 형편이 좋아졌는지, 나빠졌는지를. 소송에 도대체 얼마를 쏟아 부었는지를. 마차 삯과 음식값은 또 어떻고! 아이들이 자라 일을 하게 되었는데 형편이 더 나아지기는커녕 오히려 줄어들지 않았느냐? 너는 그 이유가 뭐라 생각하느냐? 모든 게 다 네 고집 때문이다. 자식들과 함께 밭을 갈고 씨를 뿌려야 할 때 너는 그저 악마의 속삭임에 넘어가 재판소만 열심히 돌아다니지 않았느냐? 밭을 가는 것도 씨를 뿌리는 것도 다 때가 있다. 그래, 재판에 이겨서 네가 얻은 것이 도대체 무엇이냐? 너는 자신의 생업을 잊어서는 안 된다. 농사일과 집안일 모두 가족들과 함께 게

을리하지 않고, 누가 나쁜 소리를 하거든 하느님이 가르쳐 주신 대로 용서해 주어라. 그렇게 하면 모든 일은 순조롭게 풀릴 것이다."

이반은 가만히 있었습니다.

"자, 이반! 이제 이 늙은 아비의 말대로 해라. 마차를 타고 재판소에 가서 소송을 취소하고 와라. 아침이 되거든 당장 가브릴로를 찾아가 하느님의 가르침대로 화해하고 집으로 데려와 보드카라도 대접해 주어라. 집안 식구들에게 이제 이런 일이 없도록 단단히 타이르는 것도 잊지 말고."

이반은 긴 한숨을 내쉬었습니다. 그는 아버지가 한 말이 모두 옳다고 생각했습니다. 그러자 갑자기 가슴속이 개운해지는 것 같았습니다. 하지만 막상 화해하려니 어떻게 하면 좋을지 알 수 없었습니다. 그러자 아버지가 말했습니다.

"이반, 어서 가라. 이런 일은 결코 미루어서는 안 된다. 불은 처음에 잡지 않으면 나중에는 손쓸 수조차 없게 되는 법이다."

그때 이반의 어머니와 아내가 집에 돌아왔습니다. 그들은 이미 가브릴로가 태형 판결을 받았다는 이야기를 듣고, 막 가브릴로의 집에 들러 한바탕 싸우고 돌아오는 길이었습니다. 여자들은 흥분해서 떠들어 댔습니다. 가브릴로의 아내가 예심 판사를 협박하고 있다, 학교의 선생님이 직접 황제에게 소장을 내는 바람에 자칫하면 이반의 땅이 모두 가브릴로네 땅이 될 수도 있다고 했습니다. 그러자 어느새 이반은 화해하려던 마음이 싹 사라져 버렸습니다. 그는 밖으로 나가 곳간을 치우고 마당으로 갔습니다. 동생들이 들일을 마치고 돌아오고 있었습니다. 봄보리의 씨를 뿌리기 위해 밭을 갈았던 것입니다. 이반은 그들의 일을 도와주려고 했으나 이미 날이 저물었습니다. 그는 소에게 여물을 주고, 막내 동생 타라스카가 밤일을 하러 갈 때 타고 갈 말을 마당에 매어 두었습니다. 열심히 일을 하는 동안, 이반은 가브릴로와 있었던 일과 아버지의 말을 잊어버렸습니다. 그때 울타리 저쪽에서 옆집 주인이 욕하는 소리가 들려왔습니다.

"그 자식! 그런 놈은 실컷 두들겨 패야 해!"

가브릴로는 누군가를 욕하고 있었습니다. 이 소리를 들은 이반의 마음속은 다시 활활 증오의 불길이 타올랐습니다. 그는 가브릴로의 욕설이 끝날 때까지 기다려 다 들은 뒤 집 안으로 들어갔습니다. 가족들의 평안한 모습을 본 이반은 다시금 가브릴로에 대한 분노가 치솟았습니다.

'가브릴로만 없으면 우리 집은 언제까지나 이렇게 행복할

거야!'

이반은 의자에 앉은 고양이를 내동댕이치며 괜히 화를 냈습니다. 그는 자리에 앉았지만 머릿속에는 가브릴로의 목소리가 들려오고 있었습니다. 재판소에서 하던 이야기와 방금 전 "그런 놈은 실컷 두들겨 패야 해!" 하던 욕설까지…….

저녁을 먹은 타라스카는 외투를 걸치고 일을 하러 나갔습니다. 이반의 아들이 벌떡 일어나 삼촌을 배웅하려 하자, 이반은 직접 층계로 나갔습니다. 타라스카는 큰길로 내려가다 다른 젊은이들과 마주친 모양이었습니다. 이반은 문간에 서 있었습니다. 머릿속에는 여전히 "너도 조심해야 할걸! 네 등에 불이 활활 타오르게 될 테니까!" 하고 가브릴로가 외치고 있었습니다.

'고약한 놈이니 자기가 피해를 보는 일은 하지 않을 거야. 마침 바람도 있겠다, 가브릴로 자식이 슬쩍 기어들어 와 불을 지르고 도망치면 어떻게 하지? 녀석을 절대 놓치면 안 돼!'

이반은 살금살금 울타리 쪽을 향해 걸었습니다. 그때 저쪽에서 인기척이 느껴졌습니다. 이반을 몰래 훔쳐보다가 급히 숨은 것 같았습니다. 이반은 발길을 멈추고 숨을 죽였습니다. 바람 부는 소리만 들려올 뿐 아무도 없었습니다.

"내가 잘못 봤나?"

이반은 고개를 갸우뚱거리며 다시 곳간을 향해 조용히 걸었습니다. 그때 기둥 옆에서 무언가 번쩍 빛났습니다. 이반은 가슴이 철렁 내려앉아 걸음을 멈추고 말았습니다. 그때 같은 자리에서 다시 빛이 타올랐습니다. 아까보다 더 밝은 빛이었습니다. 글쎄, 모자를 푹 눌러쓴 남자가 손에 짚단을 들고 불을 붙이는 것이 아니겠습니까? 이반의 가슴이 쿵쾅쿵쾅 뛰기 시작했습니다.

'저 자식을 꼭 붙잡고 말겠어!'

이반은 속으로 외치며 남자에게 다가갔습니다. 그러나 이반이 채 가까이 가기도 전에, 갑자기 눈앞이 확 눈부시게 밝아졌습니다. 밀짚이 활활 타올라 그 불길이 지붕으로 번지고 있었습니다. 그곳에는 가브릴로가 서 있었습니다. 불길에 그의 얼굴이 훤히 드러나 보였습니다. 그때 가브릴로가 뒤를 돌아보더니 다리를 절뚝거리며 도망치기 시작했습니다.

"게 섯거라, 흐로모이!"

이반은 가브릴로를 뒤쫓으며 외쳤습니다. 흐로모이는 절름발이라는 뜻으로, 가브릴로의 별명이었습니다. 이반은 가브릴로의 외투 자락을 붙잡았지만, 옷이 찢어지는 바람에 그만 넘어졌습니다. 이반이 마침내 가브릴로를 와락 붙잡으려는 순

간, 무언가가 그의 머리를 세게 내리쳤습니다. 이반의 눈에서 불이 번쩍 나고, 정신이 멍해졌습니다. 가브릴로가 떡갈나무 막대기를 주워 이반의 머리를 내리친 것입니다.

이반이 정신을 차렸을 때, 가브릴로는 이미 사라지고 없었습니다. 이반의 곳간은 활활 타오르며 옆의 곳간으로 옮겨 붙고 있었습니다. 이반은 가슴을 치며 후회했습니다.

"그때 그 불붙은 짚단만 끌어냈으면 불이 번지지 않았을 텐데! 아이고, 아이고!"

이반은 몸을 움직이려 했지만, 그때마다 숨이 턱턱 막혀 와 걸을 수가 없었습니다. 그 사이 불길은 점점 세게 번졌습니다. 많은 사람이 모였지만 누구 하나 손을 쓸 수 없었습니다. 이제 는 이반의 집까지 타기 시작했습니다. 바람까지 세게 부는 바 람에 그만 마을이 절반이나 타고 말았습니다. 이반의 식구들 은 몸만 간신히 빠져나올 수 있었습니다. 이제 그들에게 남은 것은 아무것도 없었습니다. 가축들은 밭일을 나간 말 빼고 모 두 타 죽었고, 가구와 곡식 역시 모두 재가 되어 버렸습니다.

불은 밤새도록 타올랐습니다. 이반은 집을 바라보며 중얼거 렸습니다.

"그때 그 짚단을 끌어내어 꺼 버렸으면 이런 일은 없었을 거야.”

어느 순간, 그는 불타는 집 한가운데로 뛰어 들어가고 있었습니다. 그는 그나마 아직 성한 재목을 하나라도 건져 내려 애를 썼습니다. 그러다 그만 비틀거리며 몸을 가누지 못한 채 쓰러지고 말았습니다.

“아버지!”

이반의 아들이 재빨리 뛰어들어 아버지를 구했습니다. 이반의 머리칼과 수염은 모두 그을리고, 옷에는 구멍이 뚫렸습니다. 몸 군데군데는 화상을 입었습니다. 그는 그저 멍하니 서 있었습니다. 가끔씩 하는 말이라고는 “그 짚단을 끌어냈어야 했는데…….” 뿐이었습니다.

그때 마을 반장이 이반을 불렀습니다.

“자네 아버지가 지금 많이 위독하시네. 당장 아버지를 뵈러 가게나.”

이반의 아버지는 반장의 집으로 피신해 있었습니다. 이반이 들어가자, 아버지가 말했습니다.

“이제 알겠느냐, 이반? 누가 마을을 태운 것인지.”

“가브릴로 자식이에요! 제가 두 눈으로 똑바로 보았습니다. 제 눈앞에서 짚단에 불을 붙여 지붕으로 던졌다고요! 저는 그 짚단을 끌어내어 당장 불을 껐어야 했어요. 그랬더라면 이런 일은 없었을 거예요."

"내가 듣고 싶은 건 그런 것이 아니다. 나는 도대체 이 일이 누구의 잘못인지를 듣고 싶다. 이반, 하느님 앞에 서 있다고 생각하고 말해 보아라. 도대체 누구의 죄냐? 내가 너에게 무어라 했냐 말이다!"

그 순간 이반은 잠에서 깨어난 듯 모든 일을 이해했습니다. 그는 아버지 앞에 쓰러져 울기 시작했습니다.

"아버지, 용서해 주세요! 아버지께도, 하느님께도 할 말이 없습니다."

이반의 아버지가 말했습니다.

"주께 영광이 있으라!"

그리고 아버지는 이반을 바라보았습니다.

"이반, 이제 앞으로 어떻게 할 테냐?"

"모르겠어요, 아버지. 이제 저는 어떻게 살아가야 하지요?"

이반의 아버지는 눈을 감고 잠시 무언가를 생각하더니 말했습니다.

"괜찮다. 살아갈 수 있다. 하느님과 함께한다면 얼마든지 살아간다."

그러면서 이반의 아버지는 빙그레 웃었습니다.

"알겠느냐, 이반? 누가 불을 질렀는지 떠들고 다녀서는 안 된다. 남의 죄를 하나 감싸 주면 하느님께서는 두 개의 죄를 용서해 주실게다."

이반의 아버지는 촛불을 양손으로 받쳐 들고 후우 숨을 내쉬었습니다. 그리고 그대로 숨을 거두었습니다.

이반은 아버지의 말대로 가브릴로가 불을 질렀다는 사실을 아무에게도 말하지 않았습니다. 그래서 동네 사람들 그 누구도 왜 갑자기 마을이 불타게 되었는지 알지 못했습니다. 이반은 이제 가브릴로를 미워하지 않았습니다. 이반의 그런 행동에 가브릴로는 내심 놀랐습니다. 처음에는 이반에게 무슨 꿍꿍이가 있을 거라 생각하고 두려움에 떨었지만, 시간이 지날수록 차츰 괜찮아져 갔습니다. 두 사람이 싸우지 않자, 나머지 식구들

「불을 놓아두면 끄지 못한다」가 전하는 메시지

「불을 놓아두면 끄지 못한다」라는 단편 소설은 톨스토이의 비폭력 사상을 가장 잘 드러내 주는 작품이에요. 아주 사소한 일로 시작된 싸움은 두 가족 모두를 점점 더 불행하게 만들어요. 싸움은 걷잡을 수 없이 커지고 두 가족은 정신적·물질적 피해를 입게 돼요. 이 작품에서 톨스토이는 폭력은 더 큰 폭력을 낳으며 문제를 더 심하게 만들 뿐, 어떠한 해결책이 되지 못한다는 사실을 말해 주고 있어요.

도 서로 다투는 일이 없게 되었습니다.

불타 버린 마을의 집을 다시 짓는 동안, 이반과 가브릴로는 한 지붕 아래서 지내야 했습니다. 새 집이 지어지자 그들은 다시 예전처럼 이웃이 되었습니다. 두 사람은 자신들의 아버지가 그랬듯이 사이좋게 지냈습니다.

이반 쉬체르바코프는 아버지의 가르침이기도 하고, 동시에 하느님의 가르침이기도 한 "불은 애초에 끄지 않으면 안 된다"는 교훈을 가슴속에 깊이 새겼습니다.

두 노인

Leo Tolstoy

　　◆ ◆ ◆

　작은 마을에 두 노인이 살고 있었습니다. 한 노인은 부자 농부였고 다른 노인은 그저 평범한 농부였습니다. 부자 노인의 이름은 예핌타라스이치 쉐베료프였고 돈이 많지 않은 노인의 이름은 예리세이 보드료프였습니다.

　예핌은 술도 담배도 하지 않을 뿐더러 남에게 욕 한번 한 적이 없었고 매사에 엄격하고 야무진 성격이었습니다. 그는 식구도 많았고 매우 건강하여 일흔의 나이에도 늘 허리를 꼿꼿이 세우고 걸었으며, 마을의 이장을 두 번씩이나 지냈습니다. 그리고 두 번 모두 1코페이카의 오차도 없이 완벽하게 일을 처리했습니다.

　반면, 예리세이는 부유하지도 가난하지도 않은 평범한 노인으로 젊어서는 목수 일을 하러 다녔으나, 나이를 먹은 뒤로는 집에 있으면서 꿀벌을 치기 시작했습니다. 예리세이는 술과 담배를 즐겼으며 늘 노래를 입에 달고 살았습니다. 그래서 이웃 사람들과도 사이가 좋았습니다. 큰아들은 돈벌이를 하러 떠났고, 둘째 아들과 함께 살고 있었습니다.

　두 노인은 오래전부터 함께 성지 순례를 떠나기로 했지만

예핌이 너무 바빠서 미루게 되기를 여러 번이었습니다. 손자의 결혼식을 치르고 나면 막내아들이 군대에 갔다가 돌아오는 식이었습니다. 이번에는 집을 새로 손봐야 했습니다.

늘 기다리는 입장이었던 예리세이가 좀 답답하다는 듯이 예핌에게 물었습니다.

"성지 순례는 언제 떠날 건가?"

예핌은 곤란한 표정을 지었습니다.

"조금만 더 기다려 줘야겠네. 집을 고치는 공사가 그리 만만치가 않아. 아무래도 여름은 되어야 끝날 것 같네."

"그렇게 미루기만 하다간 영영 못 떠날 걸세. 마음을 단단히 먹고 바로 떠나자고. 마침 봄이니 딱 좋을 때 아닌가."

"에이, 이 사람아! 때도 때지만, 일만 잔뜩 벌여 놓고 어떻게 가나?"

"그래, 자네 집엔 그렇게 일을 맡길 사람이 없나? 아들이 다 알아서 하겠지."

"그 녀석이 뭘 알아서 하겠나! 큰아들이라지만 어디 믿음직스러운 구석이 있어야지. 엉뚱한 짓이나 잔뜩 해 놓을 게 뻔해."

"예핌, 그렇지 않네. 우리는 어차피 죽을 테고, 자식들은 우

톨스토이와 토머스 에디슨

톨스토이와 토머스 에디슨은 동시대를 살았던 인물이에요. 톨스토이는 러시아의 위대한 작가였고 에디슨은 미국의 발명왕이었어요. 그런데 발명왕 에디슨은 톨스토이 작품을 무척 사랑했어요. 그래서 에디슨은 급기야 미국에서 러시아에 있는 톨스토이에게 녹음 전축기를 보냈는데 이는 위대한 작가 톨스토이의 목소리를 직접 듣고 싶었기 때문이라고 해요. 이처럼 톨스토이는 당대에도 전 세계적으로 유명한 작가였어요. 그래서 차르 황제는 톨스토이 문학을 출판 금지했지만, 그의 위대성만은 인정하여 다른 지식인, 문화인들처럼 시베리아의 강제 수용소로 유배 보내지는 못했다고 해요.

리가 없어도 잘 살아갈 거야. 자네 아들도 지금부터 일을 배워서 익혀야 한다고."

"그야 그렇지만, 집이 완성되는 걸 내 눈으로 꼭 보고 싶네."

"아이고, 난 모르겠네! 하나부터 열까지 죄다 완벽하게 해낼 수는 없는 법이야. 얼마 전에 우리 집 여자들이 축제일이 다가온다고 빨래를 한다, 청소를 한다 아주 난리가 났지 뭔가. 그런데 우리 큰며느리가 아주 영리해서 이렇게 말하더군. '축제일이 우리를 기다리지 않고 빨리 와서 다행이에요. 일이란 해도 해도 끝이 없는 법이니까요'라고 말이지."

예핌은 생각에 잠겼습니다.

"하지만 나는 집 짓는 데 아주 많은 돈을 썼네. 먼 길을 떠나는데 빈손으로 갈 수는 없지 않은가. 적어도 100루블은 가지고 가야지."

예핌의 말에 예리세이는 웃음을 터뜨렸습니다.

"자네, 그런 소리하지 말게. 자네 재산은 나보다 열 배는 더 많은데 돈 때문에 투덜거려서야 되겠나. 그러지 말고 언제 떠날지나 생각해 보자고. 나는 돈은 없지만 떠나야 한다면 그 정도쯤 마련하지 못하겠나?"

예핌도 웃으며 말했습니다.

"이야, 자네는 대단한 부자로군. 그래, 돈을 어디서 어떻게 마련할 참인가?"

"집안을 샅샅이 뒤지면 조금은 나오겠지. 모자라는 돈은 바깥에 세워 놓은 통나무 벌통 몇 개를 팔아서 채우면 되네. 예전부터 옆집에서 사겠다고 했거든."

"판 벌통에서 꿀이 많이 나오면 속상할 텐데."

"속상하다니, 그런 일은 없네. 이 세상에는 죄 짓는 일 말고는 속상할 게 하나도 없으니까. 영혼보다 더 소중한 건 없단 말일세."

"그렇지만, 일단 질서가 잡히지 않으면 영혼도 편치 않을 걸세. 어쨌든 약속한 거니까 떠나세. 이번에는 정말 떠나는 거야."

이렇게 해서 예리세이는 마침내 친구인 예핌을 설득할 수 있었습니다. 밤새도록 고민하던 예핌은 다음 날 아침 예리세이를 찾아갔습니다.

"떠나세. 자네 말대로 인간이 사는 것도 죽는 것도 주님의 뜻 아닌가. 살아서 기운이 있을 때 떠나야지."

일주일 후 예핌은 떠날 준비를 마쳤습니다. 예핌은 돈이 많았기 때문에 100루블을 여비로 마련하고, 200루블은 아내에게 맡겼습니다.

예리세이 역시 떠날 채비를 끝냈습니다. 바깥에 놔둔 통나무 벌통 중에서 열 개를 옆집에 팔기로 하고 70루블을 받았습니다. 나머지 30루블은 집 안 구석구석을 뒤지고, 식구들에게 조금씩 받아서 채웠습니다. 예리세이의 아내는 그동안 모아 둔 돈을 모두 내놓았고, 며느리도 기꺼이 자신의 돈을 보탰습니다.

예핌은 공사의 뒷일을 모조리 아들에게 맡겼습니다. 어디서 얼마만큼의 풀을 베고, 거름은 어디로 운반하는지, 공사는 어떻게 마무리하고 지붕은 어떤 모양으로 올려야 하는지 자질구레한 일을 하나도 빠뜨리지 않고 지시했습니다.

그와 달리 예리세이는 아내에게 벌통에서 간 애벌은 따로

모았다가 옆집 주인에게 주라고 일렀을 뿐, 집안일에 대해서는 한마디도 하지 않았습니다. 일이란 건 직접 맡아서 해 보면 저절로 알게 되는 것이므로, 각자 좋을 대로 하면 된다고 생각했던 것입니다.

이윽고 두 노인은 갈아 신을 신발과 짐을 챙겨 여행길에 올랐습니다. 식구들은 마을 입구까지 나와 작별을 고했습니다. 예리세이는 마을에서 멀어지면 멀어질수록 집안일 같은 건 죄다 잊었습니다. 예리세이의 머릿속에는 그저 여행하는 동안 친구인 예핌과 별 탈 없이 지내자, 사람들에게 언짢은 말을 하지 말자, 만족스러운 마음으로 무사히 목적지에 갔다가 돌아오자, 이런 생각뿐이었습니다. 그는 길을 걸으면서도 기도문을 외웠고, 자신이 알고 있는 성자의 이야기를 되새겼습니다. 그리고 누군가를 만나거나 여관에 머무를 때는 사람들에게 친절히 대하고 하느님께서 가르쳐 주신 말만 하기로 마음먹었습니다. 그러나 그런 예리세이에게도 마음에 걸리는 게 하나 있었어요. 코담배를 끊어 보려고 담배쌈지를 집에 두고 왔는데, 담배 생각이 점점 간절해져서 견딜 수 없었던 것입니다. 결국 그는 도중에 다른 사람에게 쌈지를 얻어서, 예핌이 불편해하지

않도록 슬쩍 뒤처져서 코담배 냄새를 맡았습니다.

예핌 역시 기분이 좋은 듯 활기차게 걸었습니다. 하지만 그의
마음속은 그렇게 편하지 못했습니다. 아들에게 지시할 게 더 있
지는 않았는지, 아들이 알려 준 대로 잘하고 있을지 걱정이 되
었던 것입니다. 그럴 때마다 예핌은 당장에라도 집에 돌아가서
모든 걸 자기 손으로 직접 하고 싶은 충동이 일었습니다.

두 노인은 5주일 동안이나 계속해서 걸었습니다. 어느덧 집
에서 신고 나온 신이 다 떨어져 새로 사야 했습니다. 그러던 도
중 소러시아에 도착했습니다. 집을 떠나니 먹고 자는 일에 일
일이 돈을 내야 했는데, 소러시아에 들어서자 모두들 두 노인
을 자기네 집으로 초대했습니다. 그리고 공짜로 잠을 재워 주
고 음식을 대접해 주었습니다. 가는 도중에 먹으라며 자루 속
에 빵과 과자를 넣어 주기까지 했습니다.

두 노인은 홀가분한 마음으로 다시 먼 길을 걸어 흉년이 든
한 마을에 도착했습니다. 이곳 사람들은 잠은 재워 주었으나
음식을 주지는 않았습니다. 들자하니 지난해 곡식을 하나도
수확하지 못했다고 했습니다. 부자도 당장 먹을 것이 없어서
물건을 몽땅 팔아야 했고, 중산층이던 사람은 빈털터리가 되었
으며, 가난한 사람은 다른 지방으로 떠나거나 구걸을 하며 겨

우 버티고 있는 형편이었습니다. 그래서 겨울 동안은 밀기울과 명아주로 배를 채웠다고 했습니다.

어느 날, 두 노인은 작은 마을에 들러 빵을 열다섯 근 정도 사고 하룻밤을 잔 뒤, 해가 뜨기 전 다시 길을 떠났습니다. 날이 뜨거워지기 전에 조금이라도 더 걷기 위해서였습니다. 개울가에 당도한 그들은 찻잔에 물을 떠서 빵을 적셔 먹고 신발을 갈아 신었습니다. 그렇게 한참을 쉬고 있는데, 예리세이가 담배쌈지를 꺼내 들었습니다. 그러자 예핌이 고개를 저으며 말했습니다.

톨스토이 문학의 분기점

대표작인 『전쟁과 평화』(1869)와 『안나 카레니나』(1877)를 완성해 명성을 얻은 톨스토이는 40대 후반에 중년의 위기를 겪으며 삶과 죽음 그리고 종교의 문제를 깊이 고민하기 시작했어요. 『고백록』(1879)은 톨스토이의 생애를 문학 중심의 전반기와 종교 사상 중심의 후반기로 나누는 분기점으로 여겨져요. 한동안 문학을 거의 포기하다시피 하고 신학과 성서 연구에 전념한 톨스토이는 기존의 기독교에 실망한 나머지 자비, 비폭력, 금욕을 강조하는 새로운 기독교를 제창했어요. 톨스토이 사상은 기독교적 아나키즘과 '톨스토이주의'로 불려요.

"자네, 왜 그런 나쁜 버릇을 고치지 못하는 겐가?"

예리세이는 어쩔 수 없다는 듯 손을 내저었습니다.

"나쁜 건 알지만, 이것만은 도저히 안 되겠네."

두 노인은 일어나 다시 길을 재촉했습니다. 얼마 가지 않아 커다란 마을이 나왔습니다. 어느새 한낮이 되어 햇볕이 뜨겁게 내리쬐고 있었습니다. 예리세이는 잠시 쉬면서 물을 마시고 싶었지만 예핌은 계속 걷기만 했습니다. 예리세이는 그 뒤를 따라가는 것조차 힘겨웠습니다.

"목이 마르네. 어디서 물을 좀 마셨으면……."

"그럼 마시게. 나는 괜찮으니까."

예리세이는 걸음을 멈추고 예핌에게 말했습니다.

"그럼 예핌, 나를 기다리지 말고 먼저 가게. 나는 저 농가에서 물을 얻어 마시고 바로 뒤따라가겠네."

예핌은 혼자 길을 걷기 시작했고, 예리세이는 농가가 있는 쪽으로 향했습니다. 그곳에는 석회로 칠한 자그마한 집이 있었습니다. 오랫동안 돌보지 않았는지 벽은 위만 조금 남겨두고 아랫부분은 까맣게 변했고 여기저기 칠이 벗겨지고 지붕마저 한쪽이 허물어져 있었습니다. 예리세이가 뒷문으로 들어가니, 담장 밑에 웬 사내가 드러누워 있었습니다. 사내는 마른 체구에 턱수염은 없었고, 외투 자락은 소러시아식으로 바지 속에 넣고 있었습니다. 그는 아마 시원한 그늘을 찾아 쉬고 있는 것 같았습니다. 예리세이가 물을 마실 수 없겠냐고 말을 걸었으나 사내는 아무런 대답이 없었습니다.

'어디 아픈 건지, 아니면 원래 저렇게 무뚝뚝한 사람인지 원.'

예리세이는 할 수 없이 문가로 다가갔습니다. 그러자 집 안에서 어린아이의 울음소리가 들렸습니다. 예리세이는 문고리를 두드렸습니다.

"실례합니다."

그러자 어린아이의 울음소리와 함께, 누군가의 고통스러운 신음 소리가 들려왔습니다.

'무슨 일이라도 있는 건가? 들어가 보는 게 좋겠어.'

예리세이는 집 안으로 들어가기로 마음먹었습니다.

다행히 문은 잠겨 있지 않았습니다. 복도로 들어선 예리세이는 방으로 통하는 문이 열려 있는 것을 보았습니다. 복도의 한쪽 구석에는 성상과 테이블이 있고, 머리에 두건도 쓰지 않은 속옷 차림의 할머니가 의자에 앉아 있었습니다. 그 옆에는 밀랍 같은 얼굴빛의 남자아이가 할머니의 옷소매를 잡아당기며 칭얼거리고 있었습니다.

방 안에서는 몹시 고약한 냄새가 났습니다. 자세히 보니 난로 쪽 마룻바닥에 한 여인이 쓰러져 있었습니다. 그녀는 가래

끓는 소리를 내면서 한쪽 다리를 움직였는데, 그때마다 코를 찌를 듯한 악취가 풍겼습니다. 아마도 여자는 대소변을 가리지 못하는데, 아무도 그 뒤치다꺼리를 해 줄 수 없는 모양이었습니다. 그때 할머니가 예리세이를 바라보며 물었습니다.

"당신은 누구요? 무슨 일인지는 모르겠지만, 여기에는 아무것도 없다오."

"물을 좀 마시려고 왔습니다."

"아무것도 없다니까 그러네. 물을 떠 올 사람도 없으니 직접 가서 마셔요."

"그럼 지금 이 집에는 건강한 사람이 아무도 없나요? 저 아주머니를 돌봐 줄 사람도 없고요?"

예리세이가 물었습니다.

"아무도 없어요. 뒷문에선 사람이 죽어 가고 있다오. 우리는 모두 이 모양이고……."

남자아이는 낯선 사람의 등장에 입을 다물고 있었지만, 할머니가 말을 시작하자 다시 소매를 잡아당기며 "빵 주세요!" 하고 울음을 터뜨렸습니다.

그때, 밖에 있던 사내가 비틀거리면서 안으로 들어왔습니다. 그는 문 한쪽 구석에 기대듯 쓰러지더니 숨을 몰아쉬면서

이렇게 말했습니다.

"전염병에 걸렸는데 흉년까지 찾아오다니, 이제 저놈도 곧 굶어 죽을 겁니다."

사내는 남자아이를 가리키며 울기 시작했습니다. 예리세이는 어깨에 메고 있던 자루를 푼 뒤, 안에 있던 빵을 잘라서 사내에게 주었습니다. 그러나 사내는 빵을 받는 대신 아이와 여인을 가리켰습니다.

"저들에게 주세요."

남자아이는 빵을 두 손으로 움켜쥐더니 얼굴을 처박고 정신없이 먹기 시작했습니다. 그러자 난로 구석에 숨어 있던 여자아이 하나가 슬쩍 나와 빵을 물끄러미 쳐다보았습니다. 예리세이는 그 아이에게도 빵을 나눠 주고 한 조각 더 잘라 할머니에게도 주었습니다. 할머니는 우물우물 빵을 먹기 시작했습니다.

"물을 떠 오면 좋겠는데, 다들 목이 마를 테니까……. 예전에 제가 물을 뜨러 갔었지만 집에 오기도 전에 쓰러지고 말았답니다. 아마 물통은 거기 그대로 있을 거예요. 누가 가져갔을지도 모르지만……."

사내의 말을 들은 예리세이는 우물의 위치를 물어본 뒤 물을 뜨러 갔습니다. 다행히 물통은 그대로 놓여 있었습니다. 예

아나키즘

무정부주의를 말해요. 무정부주의는 개인을 지배하는 국가 권력 및 모든 사회적 권력을 부정하고 절대적 자유가 행해지는 사회를 실현하려는 운동이에요. 고대의 공동체에서 출발한 것이지만 근대의 자본주의와 권위주의에 대한 반발로 공산주의 사회주의와 함께 생겨났어요. 현대의 대표적 이론가로는 윌리엄 고드윈, 피에르 조제프 프루동, 막스 슈티르너, 톨스토이, 폴 굿먼, 허버트 리드, 미하일 바쿠닌, 페테르 크로포트킨 등이 있어요. 우리나라의 대표적 무정부의자로는 신채호와 박열이 있어요.

리세이는 물통 가득 물을 떠 와 식구들에게 차례대로 먹였지만 사내는 물을 입에 대지 않았습니다.

"위가 많이 나빠졌거든요."

여인은 여전히 정신을 차리지 못한 채 몸부림치고 있었습니다.

예리세이는 가게에서 옥수수와 소금, 밀가루, 버터 등을 사 왔습니다. 그리고 도끼를 찾아 장작을 패서 난로에 불을 지피고, 수프와 보리죽을 만들어 온 식구에게 먹였습니다.

아이들은 그릇 바닥까지 싹싹 핥아 먹고 서로 껴안은 채 잠들었습니다. 사내와 할머니는 예리세이에게 자신들의 사연을 털어놓았습니다.

"우리는 그렇게 넉넉한 살림이 아니지만, 그런대로 잘 살아왔어요. 하지만 지난해에는 추수한 게 아무것도 없어서, 집에 있던 곡식을 탈탈 털어 먹어야 했어요. 먹을 게 바닥난 뒤로는 이웃의 신세를 졌지요. 처음에는 다들 흔쾌히 도와주었지만 점차 거절하기 시작하더군요. 물론 저희도 계속 손을 벌리기가 너무 민망했어요. 이 사람 저 사람 가리지 않고 돈이며 밀가루, 빵까지 꾸었거든요."

사내가 말을 이었습니다.

"일을 찾아 다녔지만 어디 마땅한 자리가 있어야지요. 모두들 입에 풀칠하러 일을 구하러 다니는 통에, 어쩌다 하루 일을 해도 다음 날 또 새 일거리를 찾아야 했어요. 늙은 어머니와 딸아이가 이웃 마을로 동냥을 하러 떠났지만 다들 먹을 게 없으니 잘될 리가 없지요. 그러다 동냥해 주는 집이 하나도 없게 되고, 열병까지 퍼진 거예요. 이제는 하루 먹으면 이틀은 굶어야 하지요. 그래서 이름 모를 풀까지 뜯어 먹었는데, 그 풀 때문인지 아내마저 쓰러지고 말았어요. 아내가 앓아누웠는데 아무것도 할 수 없으니 정말 답답합니다."

할머니가 뒤이어 말했습니다.

"나 혼자 구걸하러 여기저기 가 봤지만 좀처럼 먹을 걸 얻을 수 있어야지요. 지치고 힘들어서 이렇게 주저앉고 말았어요. 손녀도 몸이 잔뜩 약해진데다가 요즘엔 겁을 잔뜩 먹어서 근처에 심부름도 잘 가지 않아요. 구석에서 저렇게 꼼짝 않고 있을 뿐이지. 어제는 이웃집 여자가 왔는데 다들 쓰러져 있는 모습을 보고 놀라서 가 버리지 뭐예요. 그 여자도 남편이 집을 나가는 바람에 아이들하고 쫄쫄 굶고 있으니 그럴 만도 하지만요. 그래서 이렇게 하느님의 부르심만 기다리고 있었답니다."

두 사람의 이야기를 들은 예리세이는 예핌을 따라가는 대신, 그 집에 머무르기로 마음먹었습니다.

다음 날 아침, 예리세이는 일어나자마자 일을 시작했습니다. 할머니와 함께 밀가루를 반죽하고, 난로에 불을 지폈습니다. 여자아이와 함께 쓸 만한 물건이 없는지 찾아보기도 했습니다. 그러나 집 안에는 아무것도 없었습니다. 조금 쓸 만하다 싶으면 죄다 먹을 것과 바꿔 버렸기 때문이었습니다. 예리세이는 일단 생활에 필요한 물건이라도 마련해야겠다고 생각했습니다. 직접 만들기도 하고, 밖에 나가서 사오기도 했습니다.

그렇게 예리세이는 그곳에서 사흘을 지냈습니다. 그 사이 남자아이는 가게에 심부름도 가고, 예리세이를 아주 잘 따르게 되었습니다. 여자아이도 아주 명랑해져서 "아저씨, 아저씨!" 하며 예리세이의 뒤를 졸졸 따라다녔습니다. 할머니도 자리에서 일어나 이웃집에 드나들 정도로 기운을 차렸습니다. 사내 역시 이제 벽을 짚고 조금씩 걸을 수 있게 되었습니다.

그의 아내는 여전히 누워 있었지만, 정신이 들었는지 음식을
조금 먹고 싶어 했습니다.

예리세이는 생각했습니다.

'모두들 웬만큼 좋아졌으니 다행이군. 이렇게 오래 있을 생
각은 아니었는데……. 이제 떠날 때가 되었어.'

나흘째 되는 날은 마침 축제일 전날이었습니다. 예리세이는
결심했습니다.

'이 집 사람들과 함께 축제 전야를 축하하고, 축제일 선물을
좀 사 주고 떠나는 거야.'

그는 다시 가게에서 우유와 밀가루와 기름을 사 와서 할머
니와 함께 음식을 장만했습니다. 다음 날, 예리세이는 교회 예
배에 참석한 뒤 집에 돌아와 사람들과 함께 맛있는 음식을 먹
었습니다.

한편, 예리세이 덕분에 몸을 회복한 사내는 깨끗한 옷으로
갈아입고 마을의 부자를 찾아갔습니다. 그 부자에게 땅과 밭
을 저당 잡혔기 때문에, 햇보리가 날 때까지만 땅을 빌려 줄 수
없겠냐고 부탁하러 간 것입니다.

그러나 사내는 저녁 무렵 어깨가 축 처진 채 돌아와서는 눈

물을 뚝뚝 흘렸습니다. 인정사정없는 부잣집 주인이 밭을 쓰고 싶거든 이전에 빌려 간 돈부터 가져오라고 했다는 것이었습니다. 예리세이는 생각에 잠겼습니다.

'이 사람들은 앞으로 어떻게 살아가야 할까? 다른 사람들은 모두 풀을 베러 가는데 이들은 그저 멍하니 앉아 있을 수밖에 없어. 이제 곧 쌀보리가 익어 추수를 해야 할 텐데, 이 사람들에겐 그런 기쁨마저 없는 거야. 그나마 있던 밭은 이미 부자에게 넘겼다고 했으니…… 내가 이대로 떠나 버리면 이들은 또 예전처럼 구걸하는 신세가 될 거야.'

결국 예리세이는 그날 밤도 떠나지 못하고 출발을 미루게 되었습니다. 이미 시간을 많이 허비했기 때문에 한시라도 빨리 떠나야 했지만, 가엾은 사람들을 두고 가려니 차마 발길이 떨어지지 않았던 것입니다. 하지만 그들을 도울 만한 방법도 떠오르지 않았습니다. 처음에는 물이나 떠다 주고, 빵이나 조금씩 나눠 줄 생각이 었는데 이렇게까지 일이 커질 줄 몰랐던 것입니다. 밭을 찾아 주고 나면 아이들에게 우유를 먹일 젖소를 사 주어야 되었습니다. 수확한 곡식을 운반할 수 있는 말도 사 주어야 할 것입니다.

'정말 어떻게 해야 할지 모르겠군.'

예리세이는 담배를 피우며 머리를 개운하게 하려 했지만 아무런 소용이 없었습니다. 당장이라도 여행을 시작해야 했지만, 이대로 떠나자니 이 집 사람들이 안타까워 견딜 수 없었습니다.

고민을 거듭하던 예리세이는 새벽녘에 이르러서야 깊은 잠에 빠져들었습니다. 그때 갑자기 누군가가 부르는 것 같은 기분이 들었습니다. 일어나 보니 이상하게도, 이미 떠날 채비를 한 자신이 등에는 자루를 짊어지고, 손에는 지팡이를 들고 문을 나서려 하고 있었습니다. 문은 활짝 열려 있어서 그냥 걸어서 나가기만 하면 됐습니다. 그런데 예리세이가 나가려고 하자, 여자아이가 자루를 잡고 "할아버지, 빵 좀 주세요!" 하고 울며 매달렸습니다. 남자아이는 예리세이의 신발을 꼭 붙잡고 있었고, 할머니와 사내는 창문으로 예리세이를 뚫어져라 바라보고 있었습니다.

잠에서 깬 예리세이는 한숨을 쉬며 중얼거렸습니다.

"내일은 이들에게 밭을 다시 찾아 주자. 말도 사 주고 아이들에게 우유를 먹일 수 있도록 젖소도 사 주자. 그렇게 하지 않으면 먼 길을 떠나 주님을 찾아간다 해도 내 맘이 편치 않을 거야. 오히려 내 안에 있는 주님만 잃을 뿐이지. 어려운 사람을 도와주는 건 당연한 일이야."

마음을 굳힌 예리세이는 다시 잠을 청했습니다. 그리고 아침 일찍 일어나자마자 부잣집 주인을 찾아가서 돈을 갚고 밭과 풀밭을 되찾았습니다. 집으로 돌아오는 길에는 낫을 사서 사내가 풀을 벨 수 있도록 했습니다. 마을을 돌아다니다 주막집 주인이 말과 수레를 판다는 이야기를 듣고 그것도 샀습니다. 젖소를 사러 가던 예리세이는 길에서 우연히 소러시아 여인들이 하는 이야기를 듣게 되었습니다. 그들은 바로 예리세이에 대해 이야기하고 있었습니다.

"처음엔 어떤 사람인지 몰랐대요. 그냥 지나가는 순례자겠거니 했는데, 물을 얻어 마시러 왔다가 그 집에 그대로 눌러앉았대요. 오늘은 글쎄, 그 집 사람들에게 주려고 말과 수레까지 샀다지 뭐예요. 세상에, 그렇게 좋은 사람이 있다니! 우리 얼굴이나 보러 가지 않을래요?"

여자들의 칭찬을 들은 예리세이는 좀 멋쩍어져 젖소 사는 것을 그만두었습니다. 그리고 수레에 밀가루를 가득 싣고 집으로 돌아갔습니다. 말을 본 식구들은 깜짝 놀랐습니다. 사내가 물었습니다.

"이야, 이게 웬 말입니까?"

"마침 싼 게 있어서 샀다네. 풀을 좀 베어서 먹이게나. 여기 밀가루도 좀 내려 주고."

사내는 밀가루를 창고에 갖다 놓은 뒤, 풀을 베어 여물통에 가득 넣어 주었습니다.

어느덧 모두들 잠자리에 들자, 예리세이는 자루를 짊어지고 외투를 걸친 뒤 예핌의 뒤를 따라 다시 여행길에 올랐습니다.

톨스토이 사상

'톨스토이주의'의 근본은 인간을 이성적 존재로 보고 있어요. 그렇기에 누군가의 지배나 억압에 의한 삶을 거부해요. 인간 노동을 신성한 것으로 여기며 어떠한 폭력도 인정하지 않으며 교회에 의한 기독교가 아니라 성경에 기반한 그리스도교의 확립과 문명과 과학 기술 발전에 부정적이었고 사유 재산, 국가를 폐지할 것을 주장했으며 모든 세계가 함께하는 평화를 추구했어요. 톨스토이는 인간의 삶을 선을 추구하고 선을 위해 노력하는 것이 최고의 삶이라 여겼어요. 즉, 사람이 살아가는 인생의 목적이 선이라고 보았고 그 목적을 달성하는 방법은 바로 사랑이라고 주장했어요.

예리세이가 5베르스타(1베르스타: 1,067km)쯤 걷자 날이 밝았습니다. 그는 나무 밑에 앉아서 남은 돈을 세어 보았습니다. 17루블 20코페이카가 있었습니다.

'이 돈으로는 바다 건너 긴 여행을 할 수 없어. 주님을 위한 답시고 구걸해서 돈을 얻을 수는 없지. 예핌이 내 몫까지 촛불을 밝혀 줄 거야. 아무래도 난 성지 순례와는 인연이 없나 봐.

하지만 주님께서는 모든 것을 굽어살피시는 분이니 분명 용서해 주실 거야.'

예리세이는 가던 길을 다시 되돌아갔습니다. 다만 그 가족이 있던 마을을 지날 때는 사람들의 눈에 띌까 봐 저 멀리 돌아서 갔습니다.

처음 집을 나와 성지 순례를 하러 떠날 때는 예핌을 따라가는 것조차 힘들었는데, 돌아가는 길은 하느님이 도와주시는 듯 아무리 걸어도 힘이 넘쳤습니다. 나들이 가는 기분으로 지팡이를 내딛으면 하루에 70베르스타씩 걸을 정도였습니다.

얼마 후 예리세이는 무사히 집에 도착했습니다. 마침 식구들은 들일을 마치고 돌아온 참이었습니다. 그들은 예리세이가 돌아온 것을 기뻐하며 여행은 어땠는지, 예핌 노인과는 왜 헤어지게 됐는지, 왜 도중에 집으로 돌아왔는지 묻기 시작했습니다. 하지만 예리세이는 자세히 이야기하려 하지 않았습니다.

"주님의 인도가 없었던 모양이다. 돈도 잃어버리고 예핌도 놓치고 말았지 뭐냐. 그래서 다시 돌아올 수밖에 없었다. 모두 내 잘못이니 너무 상심하지 말거라."

예리세이는 남은 돈을 아내에게 주고, 집안일에 대해 물었습니다. 모든 것이 평탄하게 돌아가고 있었습니다. 일도 아무런 문제가 없었고, 식구들도 오순도순 잘 지내고 있었습니다.

한편, 예리세이가 돌아왔다는 말을 듣고 예핌의 가족들이 찾아왔습니다. 예리세이는 그들에게도 비슷한 말을 했습니다.

"자네 할아버지는 아무 탈 없이 잘 가셨네. 나하고는 베드로 축제일 사흘 전에 헤어졌지. 나도 바로 뒤따라가려고 했는데 돈을 잃어버려 다시 돌아온 거야."

예핌의 식구들은 잠시 황당해했지만 곧 예리세이를 다정하게 위로했습니다.

며칠 뒤 예리세이는 다시 일을 시작했습니다. 아들과 함께 겨울에 쓸 땔감을 마련하고, 집안 여자들과 함께 밀을 빻았으며, 곳간의 지붕을 새로 얹고, 꿀벌이 겨울을 잘 날 수 있도록 준비해 주었습니다. 열 개의 벌통과 거기에서 난 애벌들을 모두 옆집에 주는 것도 잊지 않았습니다. 예리세이의 아내는 벌통에서 나온 애벌까지 다 주기가 아까워 양을 속이려 했지만, 예리세이는 정직하게 애벌까지 합쳐 열일곱 통 모두를 고스란히 옆집에 주었습니다.

가을일을 마친 예리세이는 집에 머물면서 짚신을 만들고, 꿀통으로 쓸 통나무를 파며 시간을 보냈습니다.

톨스토이가 말하는 사랑

톨스토이의 '사랑'이란 무엇일까요? 인간은 물질적이고 육체적인 순간의 쾌락을 거부하고 선한 목적을 향해 자신의 이성과 사랑을 사용해야 한다고 톨스토이는 주장해요. 또 사람은 자기만을 위해서 살아서는 안 되며 인류의 행복을 추구하면서 사는 것이 사랑이라고 주장해요. 사람이 자신의 행복만을 추구하면서 살 때에는 그 추구하는 바가 서로 충돌하므로 행복할 수 없으며 이성의 활동인 사랑으로써 보편적 선을 위하여 살아갈 때 비로소 참다운 행복이 있다고 말하고 있어요. 그리고 또 인간은 모두 신의 아들들로 한 가족이며 신 앞에서는 모두 평등하다고 말해요. 그러므로 전 인류는 국가나 민족, 종교의 테두리를 넘어서서 형제애와 인류의 행복을 위해 하나로 융합하고 결합하여야 한다고 주장했어요.

예리세이가 물을 마시러 가겠다며 떠났던 그날 밤, 예핌은 하루 종일 친구를 기다렸습니다. 그러나 예리세이는 해가 저물도록 끝내 오지 않았습니다.

'혹시 무슨 일이 생긴 건 아닐까? 하지만 여기서 내가 다시 돌아갔다가 길이라도 어긋나면 큰일이지. 일단 계속 가는 게 낫겠다. 그럼 여관에서 만날 수 있을 거야.'

다음 마을에 도착한 예핌은 마을 이장에게 예리세이의 인상착의를 알려 주면서, 이러이러한 사람이 오거든 자신이 머무르고 있는 여관으로 데려다 달라고 부탁했습니다. 하지만 예리세이는 나타나지 않았습니다. 예핌은 다시 길을 떠났습니다. 마주치는 사람마다 혹시 이렇게 생긴 노인을 본 적이 있냐고 물었지만 예리세이를 보았다는 사람은 아무도 없었습니다. 예픰은 속상한 마음을 달래며 혼자 계속 걸었습니다.

'그래, 오데사 근처나 배 안에서 만나게 되겠지 뭐.'

예픰은 예리세이의 일을 그만 생각하기로 했습니다. 그러다 한 순례자를 만나 함께 길을 떠나기로 했습니다. 그는 사제복을 입고, 긴 머리에 모자를 쓰고 있었습니다. 자신은 아토스에도 가 보았으며, 예루살렘행은 이번이 두 번째라고 했습니다.

오데사에 도착한 그들은 사흘 동안 배를 기다렸습니다. 예픰은 이곳에서도 사람들에게 예리세이에 대해 물어보았지만 아무런 성과도 없었습니다. 예픰은 5루블을 내고 외국 여행 허가증을 받았습니다. 그리고 왕복 뱃삯으로 20루블을 내고, 식량으로 빵과 청어를 샀습니다.

이윽고 출발 시간이 되자 순례자들이 배에 올라탔습니다. 예픰도 동행자와 함께 탔습니다.

처음에 항해는 매우 순조로웠지만, 밤이 되자 바람이 일고 세찬 빗줄기가 쏟아졌습니다. 파도가 치고 배가 심하게 흔들렸으며, 바닷물이 갑판을 휩쓸기 시작했습니다. 사람들은 수군거렸습니다. 큰 소리로 울부짖는 여자도 있었습니다. 남자들 중에서도 겁이 많은 사람은 안전한 장소를 찾아 배 안을 이리저리 뛰어다녔습니다. 예핌도 살짝 무서웠지만 겉으로는 아무렇지 않은 척했습니다.

사흘째가 되자 겨우 바람이 잦아졌습니다. 닷새째에는 드디어 콘스탄티노플에 도착할 수 있었습니다. 순례자들 중 몇몇은 배에서 잠깐 내려 성 소피아 사원을 구경하러 가기도 했습니다. 그러나 예핌은 배 안에 그대로 남아 있었습니다. 배는 스미르나 항과 알렉산드리아 항을 거쳐 마침내 야파에 도착했습니다. 순례자들은 모두 배에서 내려 예루살렘까지 약 70베르스타의 거리를 걷기 시작했습니다.

순례자들은 나흘째 되는 날 점심에 예루살렘에 도착했습니다. 예핌은 변두리에 있는 러시아인의 숙소에 짐을 풀었습니다. 그리고 여행 허가장 뒷면에 사인을 받고, 식사를 마친 뒤 동행자와 함께 성지 순례를 떠났습니다. 가장 중요한 그리스도의 무덤은 아직 참배가 허락되지 않았기 때문에, 그들은 천주교 수도원에 갔습니다. 순례자들은 안내인을 따라 안으로 들어갔습니다. 그리고 신을 벗고 둥그렇게 둘러앉았습니다. 한 신부가 수건을 들고 나와 사람들의 발을 하나하나 닦아 주고 입을 맞췄습니다. 예핌은 밤 기도와 아침 기도를 드리고, 촛불을 올려 돌아가신 부모님에게 공양했습니다. 성찬이 나오자

포도주를 마셨습니다.

다음 날에는 마리아가 머물렀다는 이집트의 암실로 가서 촛불을 바치고 기도를 드렸습니다. 아브라함이 신을 위해 아들을 제물로 바치려고 했던 샤베크의 동산도 보았습니다. 그다음 그리스도가 막달라 마리아 앞에 모습을 나타냈다는 성지를 참관하고, 주님의 형제 야곱의 교회로 향했습니다. 예픰과 함께한 순례자는 가는 곳마다 그곳에 얽힌 이야기를 늘어놓았습니다. 여기에선 얼마, 저기에선 얼마를 내야 하는지 봉헌할 돈의 액수도 가르쳐 주었습니다.

숙소로 돌아와 식사를 하고 잠자리에 들려는데, 순례자가 깜짝 놀라더니 자기 옷을 이리저리 뒤지기 시작했습니다.

"이런, 지갑을 도둑맞았구나. 분명히 23루블이 들어 있었는데. 10루블짜리 지폐 두 장과 잔돈 3루블……."

동행자는 속이 상해서 푸념을 늘어놓았지만 어쩔 수 없는 일이었습니다.

예픰은 잠자리에 들었으나 문득 마음속에서 의심이 생겨났습니다.

'저 순례자, 돈을 도둑맞은 게 아닐 거야. 처음부터 돈이 없었던 게 분명해. 성지에서 하느님께 봉헌하는 걸 한 번도 보지 못했으니까. 나한테 돈을 내라고 하면서 정작 자기는 하나도 내지 않았어. 게다가 나한테 1루블까지 빌려 갔잖아.'

그러나 예핌은 이내 자신을 꾸짖었습니다.

'이런, 내가 왜 다른 사람을 의심하는 거지? 남을 의심하는 건 죄를 짓는 거야. 쓸데없는 생각은 하지 말자.'

하지만 예핌의 머릿속에서는 자꾸 지갑을 도둑맞았다고 호들갑을 떨던 순례자의 모습이 떠올랐습니다.

'그래, 저 사람은 돈이 한 푼도 없어. 사람들의 눈을 속이기 위해 연극을 하는 거라고.'

다음 날 사람들은 부활 대성당에서 하는 예배에 참석하러 갔습니다. 그곳은 그리스도의 관이 있는 곳이었습니다. 동행자는 예핌 곁을 떠나지 않고 졸졸 따라다녔습니다.

성당에 모인 순례자들은 러시아인, 그리스인, 아르메니아인, 터키아인, 시리아인 등 여러 나라의 사람들이었습니다. 한 신부가 그리스도의 십자가가 세워졌던 골고다 언덕으로 순례자들을 이끌었습니다. 예핌은 그곳에서도 경건한 마음으로 하느님께 봉헌을 하고 기도를 드렸습니다.

그들은 땅이 지옥까지 갈라진 곳과 그리스도의 손발에 못이

박힌 장소에 들렀습니다. 또 그리스도의 피가 아담의 뼈에 뿌려졌다는 아담의 관도 보았습니다. 그리스도가 면류관을 쓸 때 걸터앉았다는 돌, 그리스도가 채찍질을 당할 때 묶였던 기둥에도 가 보았습니다. 신부는 다른 것도 보여 주려 했지만 순례자들이 길을 재촉하는 바람에 그리스도의 관이 있는 동굴 쪽으로 향했습니다. 그곳에서는 다른 종파의 의식이 끝나고, 러시아 정교회의 예배가 막 시작되려는 참이었습니다.

예핌의 머릿속에는 동행자에 대한 죄스러운 의심이 계속해서 치솟았습니다. 그는 때때로 자신의 지갑이 무사한지 더듬으면서 이렇게 생각했습니다.

'저 순례자가 나를 속이고 있는 걸까? 정말로 지갑을 도둑맞은 거라면, 나한테는 제발 그런 일이 일어나지 않기를 바랄 뿐이야.'

예핌은 주님의 관이 놓인 회당 앞쪽에서 기도를 드렸습니다. 회당 앞쪽에는 서른여섯 개의 성화가 타오르고 있었습니다. 그런데 성화가 타오르고 있는 등잔 바로 아래에, 농부들이 입는 값싼 작업용 외투를 걸친 자그마한 노인이 보였습니다. 머리가 훤히 벗겨진 게, 영락없는 예리세이였습니다.

'아니, 저 사람은 예리세이랑 똑같잖아! 하지만 예리세이가 나보다 먼저 여기에 왔을 리는 없어. 앞서 출발한 배는 일주일 먼저 떠났다는데 그 배를 탔을 리가 없잖아. 내가 탄 배에도 분명히 없었어. 혹시나 해서 배에 탄 순례자들을 한 명도 빠짐없이 죄다 살폈으니까.'

예핌이 이런 생각을 하고 있는 동안 노인은 기도를 시작했습니다. 그리고 세 번 머리를 조아렸습니다. 한 번은 정면의 신, 나머지 두 번은 양쪽에 있는 러시아 정교회 사람들을 향해서였습니다. 노인이 오른쪽으로 얼굴을 돌리는 순간, 예핌은 소스라치게 놀랐습니다. 거무스름하고 곱슬곱슬한 턱수염과 서리가 내리기 시작한 구레나룻까지, 아무리 봐도 예리세이였던 것입니다. 예핌은 친구를 찾아 반가웠지만 어떻게 그가 자기보다 먼저 이곳에 올 수 있었는지 궁금해서 견딜 수 없었습니다.

'예리세이 저 친구, 어떻게 나보다 먼저 온 걸까? 이따가 나갈 때 동행자를 따돌리고 예리세이와 함께 다니는 게 좋겠어.'

예핌은 예리세이를 놓치지 않기 위해 계속 그쪽에 신경을 썼습니다. 잠시 후, 예배가 끝나고 십자가에 입을 맞추는 예식이 거행되었습니다. 사람들이 서로 밀고 당기며 우왕좌왕하는 바람에 예핌은 옆으로 밀려나고 말았습니다. 문득 예핌은 지갑을 도둑맞을지도 모른다는 걱정이 들었습니다. 그래서 한쪽 손으로 지갑을 꼭 쥐고 조금이라도 덜 붐비는 곳으로 가기 위해 사람들을 이리저리 헤치며 나아갔습니다.

겨우 한산한 곳으로 빠져나온 예핌은 예리세이를 찾기 시작했습니다. 대성당 안의 암실은 사람들로 가득 차 있었습니다. 하지만 예리세이는 보이지 않았습니다.

이튿날 예핌은 다시 그리스도의 관에 경배하러 갔습니다. 그곳에는 너무 많은 사람이 몰려 있어 움직이기가 힘들 지경이었습니다. 예핌은 앞쪽으로 나가지 못하고 기둥 옆에 선 채로 기도를 드렸습니다. 문득 앞을 바라보니 성화 아

톨스토이 명언 2

◆ 가난의 고통을 없애는 방법은 두 가지다. 자기의 재산을 늘리는 것과 자신의 욕망을 줄이는 것이다. 전자는 우리의 힘으로 해결되지 않지만 후자는 언제나 우리의 마음가짐으로 가능하다.

◆ 가장 위대하고 심오한 진리는 가장 단순하고 소박합니다.

◆ 건강한 몸을 유지하기 위해서 노동과 운동은 필수불가결한 것입니다. 다른 사람에게 노동과 운동을 강요할 수는 없지만 자신에게 반드시 필요한 노동에서 해방될 수는 없습니다. 반드시 필요하고 올바른 일을 하지 않는다는 것은 곧 불필요하고 어리석은 일을 하는 것입니다.

◆ 겸손하지 못한 사람은 언제나 타인을 비난한다. 그런 사람은 다만 타인의 그릇된 것만을 인정한다. 그럼으로써 그 사람 자신의 욕망과 죄는 점점 더 커 가는 것이다.

래의 그리스도 관 옆에 예리세이가 서 있었습니다. 예리세이는 마치 신부처럼 두 팔을 벌리고 있었는데, 벗겨진 머리 위로 눈부신 빛이 쏟아져 내렸습니다.

'좋아, 이번에는 놓치지 않을 거라고.'

예핌은 사람들을 헤치고 앞쪽으로 다가갔습니다. 그러나 예리세이의 모습은 보이지 않았습니다. 그 사이에 또 어디론가 가 버린 모양이었습니다.

사흘째 되는 날, 예핌은 이제 마지막이라는 생각으로 그리스도의 관을 다시 찾았습니다. 아나나 다를까, 예리세이는 가장 눈에 잘 띄는 좋은 자리에서 지난번과 똑같이 두 팔을 벌린 채, 머리에 빛을 가득 받으며 하늘을 우러러보고 있었습니다.

'됐어! 이번에는 절대 놓치지 않겠어. 미리 출구에 가서 서 있자. 그러면 절대로 엇갈릴 일이 없을 거야.'

예핌은 출구로 나가 우두커니 서 있었습니다. 꼬박 반나절을 지키고 있었지만 예리세이의 모습은 보이지 않았습니다.

그 뒤, 예핌은 예루살렘에 6주 동안 머물면서 베들레헴, 베다니, 요단 강 등의 성지를 순례했습니다. 그리스도 관 옆에서는 새 외투에 도장을 찍어 받기도 했습니다. 이 옷은 죽은 뒤 수의로 입게 된다고 했습니다. 요단 강에서는 기념으로 간직

하기 위해 물을 조그만 병에 담아 두었고, 예루살렘의 흙과 성화가 타고 있던 초를 구하기도 했습니다. 그러면서 어느새 돈을 다 쓰고 이제 집에 갈 여비만 남게 되었습니다. 예핌은 다시 야파에 도착하여 배를 타고 오데사까지 온 뒤, 집을 향해 걷고 또 걸었습니다.

집이 가까워지면서 예핌은 그동안 가족들이 어떻게 지냈을까 걱정되기 시작했습니다.

'1년이나 지났으니 많이 달라졌을 거야. 한 집안을 좀 살 만하게 만드는 건 평생이 걸리지만, 재산을 다 써 버려서 망하는 건 순식간이거든. 내가 없는 동안 아들놈이 집안일을 잘 처리했을까? 봄에 농사일은 제대로 시작했고? 소와 말은 겨울을 무사히 넘길 수 있었을까? 새로 지은 집은 내가 시킨 대로 잘 마무리했고?'

어느덧 예핌은 작년에 예리세이와 헤어진 마을 근처에 이르렀습니다. 예리세이가 물을 얻어 마시러 갔던 바로 그 마을이었습니다. 그곳은 몰라볼 만큼 달라져 있었습니다. 마을 사람들은 넉넉한 생활을 하면서 예전의 어려웠던 시절은 까맣게 잊은 듯 보였습니다.

예핌은 예리세이가 머물렀던 바로 그 농가의 문을 두드렸습

니다. 하얀 외투를 입은 소녀가 활기차게 뛰어나왔습니다.

"할아버지, 우리 집에서 쉬었다 가세요."

소녀는 생글거리며 예핌의 옷자락을 붙잡고 집 쪽으로 끌었습니다. 남자아이를 데리고 입구에 서 있던 여자 역시 손짓으로 그를 부르고 있었습니다.

"저희 집에서 저녁이나 드시고 푹 쉬고 가세요."

결국 예핌은 안으로 들어갔습니다.

'그래, 예리세이에 대해 물어보자. 그때 그 영감이 물을 얻어 마신다고 갔던 집이 분명 여기였으니까 말이야.'

예핌이 방 안으로 들어가자 여자는 몸을 씻을 수 있도록 물을 받아 주었습니다. 그리고 죽과 우유, 보리를 대접했습니다. 예핌은 순례자를 이렇게 접대하니 정말 고마운 일이라 생각하며 가족들에게 감사 인사를 했습니다. 그러자 여자가 고개를 저으며 이렇게 말했습니다.

"우리는 순례하시는 분들을 친절하게 대접할 수밖에 없답니다. 어떤 순례자께서 우리에게 이 세상을 어떻게 살아가야 하는지를 알려 주셨거든요. 예전에 우리는 하느님을 잊은 채 멋대로 살았어요. 그래서 벌을 받아 온 가족이 죽을 날만 기다리는 처지가 되었지요.

그때 하느님께서는 당신과 비슷한 분을 우리에게 보내 주셨어요. 그분은 물을 얻어 마시러 들렀다가, 우리를 불쌍히 여겨 이 집에 머무르게 되었답니다. 병들고 굶주린 우리에게 먹을 것을 주시고, 다시 일어설 수 있도록 밭과 수레와 말까지 마련해 주신 뒤 훌쩍 떠나 버리셨지요.”

그때 할머니가 들어와 여자의 말을 거들었습니다.

“사실 우리는 그분이 인간인지 천사인지 모르겠어요. 우리를 살뜰하게 보살펴 주시다가 아무런 말도 없이 떠나 버리셨으니……. 이 은혜를 어떻게 갚아야 할지 모르겠다니까요.”

이렇게 식구들은 앞다투어 그 순례자의 말과 행동을 낱낱이 들려주었습니다. 그가 어디에 앉고 어디에서 잤으며, 무슨 일을 어떻게 했는지, 또 누구에게 어떤 말을 했는지까지 아주 자세히 말입니다.

얼마 후, 밤이 되자 말을 타고 돌아온 사내 역시 예리세이의 이야기를 꺼냈습니다.

“만약 그분이 오시지 않았더라면 우리는 모두 죄를 지은 채 죽었을 거예요. 하느님과 사람들을 원망하면서 죽음을 기다리고 있던 참에 그분이 오셔서 저희를 살려 주신 거지요. 하늘에 계신 예수 그리스도여, 부디 그분을 지켜 주시옵소서! 그분은 짐승과 다름없이 살고 있던 우리를 인간으로 만들어 주신 분입니다."

그들은 예핌에게 편안한 잠자리를 마련해 주었습니다. 그러나 예핌은 쉽사리 잠이 오지 않았습니다. 이곳에서 들은 예리세이의 선행과 예루살렘에서 그를 몇 번이나 마주쳤던 일이 서로 연결되어 머릿속을 떠나지 않았던 것입니다.

'그렇구나. 예리세이는 바로 이곳에서 나를 앞질렀던 거야. 비록 성지까지 도착하지는 못했지만 하느님께서는 그를 받아 들이신 게지.'

다음 날 아침, 예핌은 식구들과 작별 인사를 했습니다. 식구들은 가는 길에 먹으라고 예핌의 자루 속에 고기만두를 넣어 주었습니다. 예핌은 감사 인사를 전하고 다시 집을 향해 길을 떠났습니다.

예핌은 딱 1년 만에 집에 돌아왔습니다. 어느새 다시 봄이 되어 있었습니다. 예핌이 집에 온 건 저녁때였는데, 아들은 집에 없었습니다. 잠시 후 아들은 술을 마시고 거나하게 취해서 돌아왔습니다. 예핌이 이것저것 물어보니, 그동안 아들은 돈을 아주 헤프게 써 버렸습니다. 집안일도 아주 엉망으로 해 놓은 터라 예핌은 속이 끓었습니다. 하지만 아들은 도리어 이렇게 말하는 것이었습니다.

"그러니까 애초에 아버지께서 안 가셨으면 됐잖아요. 아버지는 성지 순례를 한답시고 돈을 잔뜩 챙겨 갔으면서 제가 조금 썼다고 뭐라고 하시는 거예요?"

예핌은 잔뜩 화가 나서 그만 아들을 때리고 말았습니다.

이튿날 아침, 예핌은 예리세이의 집을 찾아갔습니다. 예리세이의 아내가 계단에서 인사를 했습니다.

"안녕하세요, 영감님. 무사히 돌아오셨군요!"

"덕분에 무사히 다녀왔습니다. 도중에 예리세이와 헤어지게 됐는데, 듣자니 벌써 돌아왔다고 하더군요."

그러자 예리세이의 아내가 이야기를 늘어놓기 시작했습니다.

"아무렴요, 벌써 옛날에 돌아왔는걸요. 성모승천제(러시아 구력의 8월 15일)가 지난 뒤 금방 왔지 뭐예요. 하느님 덕택으로 무사히 돌아와서 온 식구가 아주 기뻐했답니다. 아무래도 그이가 없으면 너무 허전하니까요. 이제는 나이가 나이인지라 대단한 일은 못하지만, 한 집안의 가장이니까 모두가 의지하는 거지요. 아들도 어찌나 기뻐하던지! 아버지가 없을 때는 꼭 눈빛이 꺼진 것 같았는데 말이에요. 그이가 어디 가면 정말 쓸쓸

톨스토이가 종교에 심취하지 않았다면?

토마스 만의 표현을 빌리자면 "세계 문학사상 가장 위대한 사회 소설"인 『안나 카레니나』를 완성한 것은 톨스토이의 나이 마흔아홉이었어요. 하지만 그 뒤 그는 30년 이상을 문학보다는 종교와 사상에 심취해 살았어요. 사람들은 '만약 그가 계속 소설을 썼더라면 얼마나 훌륭한 작품들을 써낼 수 있었을까?'라는 가정을 하며 안타까워해요. 왜냐하면, 도스토옙스키의 경우, 톨스토이가 예술을 포기하기로 마음을 먹은 나이에 위대한 걸작들을 써냈기 때문이에요. 더구나, 톨스토이는 도스토예프스키보다 무려 20년을 더 살았으니 더욱 그런 생각이 드는 것이지요. 하지만 만약 톨스토이가 예술을 버리지 않고 계속 소설을 썼다면 그는 오늘날의 톨스토이가 될 수 없었을지도 몰라요. 그가 인생의 전반기에 쓴 소설들이 위대한 것은 그가 인생의 후반기에 보여 준 정신적 방랑과 고뇌에 찬 사상의 문제가 고스란히 담겨 있기 때문이 아닐까요?

해요. 우린 모두 그이를 소중하게 생각한답니다."

"그래, 지금 그 친구는 어디에 있나요?"

"벌통 있는 곳에서 애벌을 나누고 있어요. 올해는 썩 좋은 애벌을 깠대요. 모두 하느님이 도와주신 덕분이지요. 그이를 보고 가세요. 아주 반가워할 거예요."

예핌은 복도를 지나 뒷문으로 나가 벌집을 돌보고 있는 예리세이에게 갔습니다. 예리세이는 긴 외투를 걸치고 두 팔을 벌린 채 자작나무 위를 쳐다보고 있었습니다. 예루살렘에서 본 것처럼 머리 위에는 찬란한 빛이 반짝이고 있었습니다.

예핌을 발견한 예리세이가 몹시 반가워하며 그의 손을 덥석 잡았습니다.

"예핌, 어서 오게나. 그래, 무사히 잘 다녀왔나?"

"몸만 잘 갔다 왔지. 자네에게 줄 선물로 요단 강물을 가지고 왔네. 이따가 우리 집에 와서 가져가게나. 그런데 하느님께서 내 정성을 받아 주셨는지는 모르겠네."

"아무튼 경사스러운 일이네. 하느님의 가호가 있기를!"

예핌은 한참 동안 잠자코 있다가 입을 열었습니다.

"내 몸은 확실히 갔다 왔지만, 영혼도 갔다 왔는지는 모르겠네. 내가 아니라 다른 사람이 다녀온 건지 알 수 없는 일이지."

"무슨 일이든 다 하느님의 뜻이라네."

"돌아오는 길에 자네가 물을 마시러 갔던 그 집에 들렀었네. 듣자하니 자네가……."

그러자 예리세이가 허둥지둥 손을 내저으며 말했습니다.

"모두가 하느님의 뜻이지. 예핌, 이러지 말고 안으로 들어가세. 내 꿀을 가지고 갈 테니."

예리세이는 예핌이 더 이상 그 이야기를 하지 못하도록 말머리를 돌렸습니다. 예핌은 한숨을 내쉬었습니다. 그리고 그 농가 사람들의 이야기도, 예루살렘에서 예리세이를 본 일에 대해서도 아무 말도 하지 않았습니다.

예핌은 깨달았던 것입니다. 이 세상의 모든 사람들이 죽는 날까지 서로 사랑하고 착한 일을 하며 자신의 의무를 다하는 것, 그것이야말로 하느님이 원하는 거라는 사실을 말입니다.

어떻게 작은 악마는
빵 조각을 보상하는가

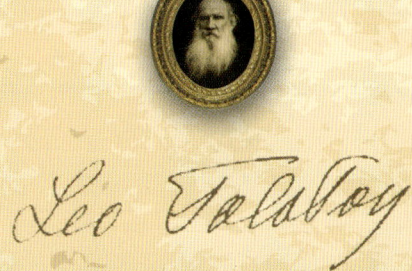

　　　　　◆　◆　◆

　　어느 가난한 농부가 아침도 먹지 않고 밭을 갈러 나갔습니다. 농부는 쟁기를 내리고 수레를 덤불 밑에 끌어다 놓은 뒤, 그 위에 점심으로 싸 온 빵 한 조각을 얹고 겉옷으로 덮어 두었습니다.

　　얼마 후, 일을 하던 농부는 시장기를 느꼈습니다. 농부는 쟁기를 밭에 꽂아 두고, 말을 풀어서 꼴을 먹도록 놓아 준 다음 점심을 먹으러 겉옷을 놔둔 곳으로 향했습니다. 그런데 농부가 자신의 겉옷을 들추어 보니, 거기 있어야 할 빵 조각이 사라지고 없었습니다. 농부는 주위를 찾아보기도 하고, 겉옷을 뒤집어서 털어 보기도 했으나 끝내 빵 조각을 찾지 못했습니다. 농부는 참 이상한 일도 다 있다고 생각하면서 이렇게 중얼거렸습니다.

　　"온 사람이라곤 아무도 없었는데, 도대체 누가 빵을 가지고 간 걸까?"

　　사실은 농부가 밭을 갈고 있는 동안 작은 악마가 빵 조각을 몰래 훔친 것이었습니다. 작은 악마는 덤불 뒤에 숨어서 농부가 빵을 찾는 모습을 지켜보고 있었습니다. 농부의 화를 돋우어 욕을 하게 만들어서 큰 악마를 기쁘게 해 주려고 했던 것입니다.

그러나 농부는 작게 한숨을 내쉬고 이렇게 말할 뿐이었습니다.

"할 수 없지. 설마 굶어 죽기야 하겠어? 누군가 훔쳐간 거라면 꼭 필요해서 가져간 거겠지. 아무나 먹었다면 그걸로 족해."

농부는 다시 쟁기를 메고 밭을 갈기 시작했습니다.

작은 악마는 예상과 달리 농부가 화를 내지 않자 당황하여 큰 악마에게 달려갔습니다. 그리고 자기가 농부의 빵을 훔쳤는데도 농부가 욕을 하기는커녕 오히려 복 받을 말만 했다고 이야기했습니다. 그러자 큰 악마는 노발대발하였습니다.

"농부가 너를 이겼다면 그건 네 잘못이다. 네 방법이 나빴던

톨스토이와 도스토옙스키

톨스토이와 도스토옙스키(1821~1881)는 19세기 러시아를 대표하는 세계적인 대문호예요. 두 작가는 큰 틀에서 세계적인 사실주의 작가로 묶을 수 있지만, 작품에 있어서는 현저히 다른 차별적 개성을 가지고 있어요. 톨스토이는 주로 역사적 사건에서 표출되는 규모가 큰 작품 세계를 구성하였고 도스토옙스키는 주로 역사의 뒷면에서 갈등하는 인간의 내면 세계를 표현했어요. 또한 도스토옙스키는 현실과 공상을 결합시킨 타인들을 주로 묘사하면서 자기의 사상과 불안을 표현했지만, 철저한 사실주의자였던 톨스토이는 자기 자신과 그의 생활에 있었던 실제의 사건을 주로 묘사했어요. 도스토옙스키의 대표적인 작품으로는 『가난한 사람들』, 『죄와 벌』, 『카라마조프의 형제들』 등이 있어요.

거라고! 만약 농부와 그 집 여자들이 모두 그런 태도로 생활하게 된다면, 우리는 더 이상 할 일이 없어지고 말 거다. 그렇게 놔둘 수는 없지. 농부에게 가서 네가 훔친 그 빵 조각을 보상해 주고 와라. 3년 안에 농부를 이기지 못하면, 네놈을 성수 속에 처박아 주마!"

큰 악마의 호통에 깜짝 놀란 악마는 지상으로 나갔습니다. 그리고 어떻게 해야 자신의 잘못을 보상할 수 있을지 그 방법을 궁리했습니다. 곰곰이 생각하던 작은 악마의 머릿속에 묘안이 하나 떠올랐습니다.

작은 악마는 성실한 사람으로 변신하여 가난한 농부네 집 머슴으로 들어갔습니다. 그리고 농부에게 이렇게 말했습니다.

"여름에 가뭄이 들 테니 습한 곳에 씨앗을 뿌리십시오."

농부는 머슴의 말대로 습지를 골라 씨앗을 뿌렸습니다. 아니나 다를까, 여름이 되자 다른 농부네 밭은 물을 제대로 대지 못해 농작물이 모두 말라 죽고 말았습니다. 하지만 가난한 농부네 밭은 이삭이 잘 영글어 풍작이었습니다. 곡식이 얼마나 넘쳐 났던지, 이듬해 추수 때까지 먹고도 남아돌 정도였습니다.

다음 해 여름이 되자, 작은 악마는 또 농부에게 말했습니다.

"이번에는 언덕 위에 씨를 뿌리십시오."

농부는 머슴의 말대로 했습니다. 그해 여름에는 비가 아주 많이 내렸습니다. 다른 집의 농작물은 모두 쓰러지고 썩어서 제대로 영글지 않았지만, 언덕 위에 밭을 일군 농부네 이삭은 아주 잘 영글었습니다. 농부는 또다시 많은 곡식을 얻을 수 있었습니다. 농부는 넘쳐 나는 곡식으로 술을 담근 뒤 자기도 마시고, 마을 사람들에게도 나누어 주었습니다.

한편, 작은 악마는 큰 악마에게 가서 빵 조각을 보상해 주고 왔다며 자랑스럽게 말했습니다. 큰 악마는 작은 악마가 어떻게 일을 처리했는지 직접 살펴보러 나섰습니다.

잠시 후, 큰 악마는 농부의 집에 도착했습니다. 마침 농부는 돈 많은 마을 사람을 초대하여 술을 대

톨스토이 문학이 위대한 이유

톨스토이는 자신의 생활 체험과 영혼의 고뇌를 버무려 구체적 문학 작품으로 형상화시킴으로써 불멸의 예술을 창조했다고 평가받고 있어요. 또한 현대 문명을 비판한 많은 종교적·사상적 저술을 통하여 심오한 사상을 확립했으며 이 같은 예술적 창조와 심오한 사상이 그저 생각을 표현한 것에 그친 것이 아니라 스스로 전 인류의 고통에 괴로워하며 자기의 실생활과 고행을 바탕으로 하여 얻어진 것이라 더욱 값진 거예요. 그는 늘 인생에 대하여 절박하게 고민하고 그 사상을 실현하기 위해 애썼으며, 자신의 삶을 문학에만 머물지 않고 교육과 가난 구제 등 부당하고 불평등한 사회에 대해서 행동으로써 속죄하려고 했어요. 그렇기 때문에 그의 작품은 시대를 초월하여 전 인류에게 영원히 남겨진 귀중한 유산으로 세계 문학사상 불굴의 영광을 누리고 있는 거예요.

접하고 있었습니다. 그런데 술 시중을 들던 농부의 아내가 탁자 모서리에 옷자락이 걸리는 바람에 술잔을 엎어 버리고 말았습니다. 농부가 화를 내며 아내를 꾸짖었습니다.

"이런, 조심하란 말이야! 이런 고급술을 쏟다니, 이게 무슨 구정물인 줄 알아? 다리가 어떻게 된 거 아니냐고!"

작은 악마가 팔꿈치로 큰 악마를 쿡쿡 찔렀습니다.

"보십시오. 이제 저자도 빵 조각을 아까워하게 되었지요."

아내에게 호통을 친 농부는 직접 손님들의 술 시중을 들기 시작했습니다. 그때 들일을 하고 집으로 돌아가던 이웃이 농부의 집에 왔습니다. 그는 초대를 받지는 않았지만, 인사를 하고 자리에 앉았습니다. 모두 술을 마시는 모습을 보자 자기도 한 잔 마시고 싶었습니다. 하루 종일 들일을 하느라 잔뜩 지쳐 있었기 때문이었습니다. 하지만 농부는 그 사람에게 단 한 잔의 술도 권하지 않았습니다. 대신 이렇게 중얼거렸습니다.

"이렇게 비싼 술을 아무에게나 마구 퍼 먹일 수는 없지!"

큰 악마는 농부의 이 말이 매우 마음에 들었습니다. 작은 악마가 코를 벌름거리며 말했습니다.

"계속 보십시오. 지금부터가 시작이니까요."

돈 많은 마을 사람들은 술을 주거니 받거니 하면서 한 잔씩

돌렸습니다. 그리고 서로 입에 발린 말을 해 주면서 쉴 새 없이 떠들어 댔습니다. 큰 악마는 마을 사람들의 대화를 귀 기울여 열심히 듣고는, 작은 악마를 칭찬해 주었습니다. 그리고 이렇게 덧붙였습니다.

"만약 저 술 때문에 교활해져서 저렇게 서로 빈말을 해 대면서 속이는 거라면, 저놈들은 이미 우리에게 진 거야."

"계속 지켜보시지요."

작은 악마가 말했습니다.

"아직 멀었습니다. 저놈들에게 술을 조금만 더 먹여 보십시오. 지금 저자들은 이리처럼 씨근대고 있지만, 석 잔만 더 마시면 이제 돼지처럼 굴 테니까요!"

잠시 후, 사람들은 석 잔째 술을 마시고 완전히 취해서 녹초가 되어 버렸습니다. 그들은 무슨 말인지 알아들을 수 없는 말을 중얼거리고, 소리를 지르며 남의 말은 제대로 듣지도 않았습니다. 그리고 한 사람, 두 사람 떼를 지어 거리로 비틀거리며 걸어갔습니다.

한편, 농부는 손님을 배웅하러 나왔다가 물웅덩이에 빠지고 말았습니다. 온몸이 물에 빠진 생쥐 꼴이 된 농부는 짐승처럼 으르렁거리며 짜증을 냈습니다. 이 모습을 본 큰 악마는 더욱더 마음이 흡족해졌습니다.

"술이란 참으로 좋은 것이로구나. 이것으로 이제 빵 조각을 훌륭하게 갚아 주었다! 내 생각에 저 술에는 분명 여우의 피가 섞여 있는 것 같구나. 그래서 사람들이 저 술을 마시고 여우처럼 교활해진 거지. 이리의 피와 돼지의 피도 넣었을 거야. 그러니까 놈들이 저렇게 된 거 아니겠어?"

"아니오."

작은 악마가 대답했습니다.

"저는 그저 농부의 농사를 도와 곡식이 넘치도록 했을 뿐이에요. 짐승의 피는 항상 그자의 몸속에 있었던 것이지요. 단지 곡식이 풍족하지 않았을 때에는 그 피가 흐르지 않았을 뿐입니다. 옛날 가난했던 시절, 농부는 빵 하나도 소중히 여기며 남과 나눌 줄 알았습니다. 그러나 곡식에 여유가 생긴 지금, 그의 마음속에는 욕심이 가득해져 여우와 이리, 돼지처럼 변하고 말았지요. 이제 그는 언제든지 짐승이 되어 버린답니다."

큰 악마는 작은 악마를 칭찬하고, 자신의 후계자로 삼았습니다.

사람에겐 얼마만큼의 땅이 필요한가

Leo Tolstoy

도시에 사는 언니가 시골에 사는 여동생을 찾아왔습니다. 언니는 상인과 결혼하여 도시에서 살고, 여동생은 농부와 결혼하여 시골에 살고 있었습니다. 자매는 차를 마시면서 이야기를 나누었습니다. 그러다 언니가 도시 생활을 자랑하기 시작했습니다. 도시에 있는 자신의 집이 얼마나 넓고 아름다우며, 아이들은 얼마나 좋은 옷을 입고 있는지, 날마다 먹는 음식은 또 얼마나 맛있으며, 쉬는 날이면 마차를 타고 이곳저곳 놀러 다닌다고 자랑을 줄줄 늘어놓았습니다.

언니의 이야기를 들은 동생은 문득 분한 생각이 들었습니다. 그래서 언니의 도시 생활을 깎아내리고, 자신의 농촌 생활을 자랑했습니다.

"나는 내 생활을 언니와 바꾸고 싶지 않아요. 우리 생활은 화려하지는 않지만 걱정이라는 게 없거든요. 언니 말처럼 도시 생활은 호사스러워 보여요. 하지만 도시에서 장사를 한다는 건, 물건이 잘 팔리지 않으면 빈털터리가 될 수 있다는 거잖아요. '오늘의 부자도 내일이면 남의 집 처마 밑에 서게 된다'는 속담도 있으니까요. 그에 비하면 우리 농사일은 안정적이에요. 부자는 못 되더라도 평생 배고플 일은 없지요."

언니가 대답했습니다.

"배만 안 고프면 뭐하니? 돼지와 송아지와 함께 사는 주제에! 좋은 옷을 입어, 재미있게 놀기를 해? 네 남편이 아무리 억척스럽게 굴어 봤자 결국 거름 속에서 살다가 거름 속에서 죽는 거야! 네 아이들 역시 마찬가지일 거라고!"

그러자 동생은 더욱 목소리를 높였습니다.

"어쩌겠어요, 그게 우리들 일인 것을! 하지만 우리 생활에 위험은 조금도 없어요. 누구에게 머리 숙일 일도, 무서워할 필요도 없지요.

톨스토이와 간디

톨스토이의 비폭력 사상은 다른 나라에도 많은 영향을 끼쳤어요. 그 대표적인 인물이 바로 인도의 간디에요. 톨스토이는 한 인도인에게 흥미로운 편지를 받았어요. 톨스토이의 사상이나 국내외 여러 문제에 대한 의견을 묻는 편지였어요. 1909년에 톨스토이는 영국의 식민지였던 남아프리카에서 인권 보호 활동을 벌이던 한 인도인 변호사가 보낸 편지를 처음 받았고, 이후 사망 직전까지 소식을 교환했어요. 수 년 뒤에 그 인도인은 고국으로 돌아가 톨스토이의 사상에서 힌트를 얻은 비폭력 투쟁 '사티아그라하(진리의 힘)'를 본격적으로 전개해 큰 반향을 일으켰어요. 그의 이름이 바로 마하트마 간디였어요.

도시 사람들은 모두 유혹 속에서 사는 거나 다름없잖아요. 오늘은 무사히 보냈어도 내일이면 또 어떤 악마에게 홀릴지 모르지요. 형부만 하더라도, 언제 노름이나 술에 빠질지 알게 뭐예요. 그렇게 되는 날에는 모든 게 끝나는 거지요. 안 그래요?"

한편, 동생의 남편인 바흠은 벽난로 곁에서 여자들의 이야기를 듣고 있었습니다.

"아내의 말이 맞아요. 우리야 어릴 때부터 땅을 파먹고 살아왔으니 어리석은 생각을 할 리가 없지요. 만약 지금보다 더 많은 땅만 가지게 된다면 나는 겁날 게 없어요. 악마도 두렵지 않다고요!"

자매는 차를 다 마신 뒤에도 한참 동안 이야기를 나누다가 찻잔을 치우고 잠자리에 들었습니다. 그때 난로 뒤에서 모든 상황을 지켜보고 있던 악마가 모습을 드러냈습니다. 악마는 바흠이 땅만 더 있다면 악마도 무섭지 않다고 큰소리치는 것을 듣고 잘되었다고 생각했습니다.

'좋아. 어디 나와 승부를 겨루어 보자. 내가 너에게 땅을 듬뿍 주마. 네놈이 그 땅에 사로잡히지 않나 두고 보자고.'

바흠의 마을에는 120데샤티나(약 1헥타르)가량 되는 땅을 가진 여자 지주가 있었습니다. 그녀는 농민들에게 함부로 하지 않고 너그럽게 대해 왔습니다. 그런데 얼마 전, 군인 출신인 남

자가 관리인으로 고용되었습니다. 이 남자는 걸핏하면 트집을 잡아 벌금을 내라고 농부들을 괴롭혔습니다.

바흠 역시 조심을 한다고 했지만 말이 지주의 귀리 밭으로 뛰어들거나, 암소가 지주의 집 마당으로 들어가거나, 송아지가 지주의 풀밭에 들어가는 것까지 막을 수는 없었습니다. 결국 바흠은 날마다 벌금을 물어야 했습니다. 그때마다 바흠은 집 안 식구들에게 괜히 짜증을 부렸습니다.

관리인 덕분에 여름내 고생한 바흠은 가축을 우리에 들어놓을 계절이 되자 마음이 홀가분해졌습니다. 매번 가축에게 풀을 베어 주어야 했지만, 이제 더 이상 벌금을 물지 않아도 되었기 때문이었습니다.

겨울이 되자 여자 지주가 땅을 팔기 위해 내놓았습니다. 그리고 큰길에 있는 여관집 주인이 그 땅을 사려고 한다는 소문이 돌았습니다. 농부들은 모두 한숨을 내쉬며 말했습니다.

"여관집 주인이 땅을 사게 되면, 여자 지주보다 더 지독하게 벌금을 매길 거야. 그렇다고 우리가 이 땅 없이 어디 살 수 있겠나. 우리 모두 이 동네에서 살고 있으니까 말이야."

농부들은 여자 지주를 찾아가 여관집 주인 대신 자기들에게 땅을 팔아 달라고 부탁했습니다. 그리고 마을 조합에서 수차

톨스토이 문학과 종교 저술

톨스토이는 80년 넘는 생애 동안 수많은 저술을 남겼지만, 대표적인 업적은 역시 문학 분야에서 나왔어요. 문학 저술은 세기를 넘어 꾸준히 애독되었지만 종교 저술은 톨스토이가 죽고 난 후 금세 잊혀지고 말았어요. 톨스토이의 문학이 탁월하다는 데에는 대부분의 평가가 일치하지만 그가 말년에 문학보다 더 몰두했던 종교 사상에 대한 평가는 서로 엇갈려요. 이른바 "독선과 권위적 기독교에서 벗어나 이 땅의 구원을 주는 실천적 종교"를 만들겠다는 이상은 훌륭했지만, 그 결과물은 특별하지도 강력한 설득력을 지니지 않은 점이 아직도 영향력을 발휘하는 문학 작품에 비해 종교 저술이 톨스토이의 사후에 의외로 빨리 잊혀지고 만 이유라고 평해져요.

레 모임을 가지며 땅을 사들일 준비를 했습니다. 하지만 일은 그렇게 쉽게 풀리지 않았습니다. 몇몇 사람들이 불만을 일으키도록 악마가 미리 손을 써 두었던 것이었습니다. 악마의 훼방으로 결국 농부들은 각자 땅을 사기로 결정했습니다. 여자 지주도 동의했습니다. 바흠은 이웃집 사람이 땅 20데샤티나를 샀는데, 반값만 내고 나머지는 1년 안에 갚기로 했다는 이야기를 들었습니다. 그는 부러운 마음에 아내와 의논을 했습니다.

"다들 땅을 사는데 우리도 10데샤티나 정도는 사야겠지? 그 정도도 없으면 살아갈 수 없어. 관리인 놈이 물리는 벌금이 좀 많아야지."

두 사람은 어떻게 하면 땅을 살 수 있을지 골똘히 궁리했습니다. 그들은 저축해 둔 100루블, 망아지와 벌꿀을 팔아서 받은 돈, 도시에 사는 동서에게 빚을 내어 겨우 땅값의 반 정도 되는 금액을 마련할 수 있었습니다. 바흠은 여자 지주를 찾아가 조그만 숲이 있는 15데샤티나의 땅을 구입했습니다.

"돈은 반만 지불하고, 나머지는 2년 안에 드리겠습니다."

"좋을 대로 하시오."

이렇게 해서 바흠은 드디어 자신만의 땅을 가지게 되었습니다. 그는 땅에 씨앗을 뿌리고 성실하게 농사를 지었습니다.

1년 후, 곡식은 잘 영글어 풍년이 되었습니다. 바흠은 여자 지주와 동서에게 진 빚을 모두 갚을 수 있었습니다. 그는 하루하루 땅을 경작하고, 꼴을 베고, 장작을 패서 땔감을 만들고, 가축을 기르는 일이 즐거워 견딜 수 없었습니다. 자신이 일구어 놓은 땅을 둘러볼 때마다 기쁨으로 가슴이 벅차올랐습니다.

'이 땅은 나에게 행운을 가져다주는 땅이 틀림없어. 암, 그렇고말고.'

하지만 바흠의 행복은 그리 오래가지 않았습니다. 어느 날부터 농부들이 그의 땅을 망쳐 놓기 시작한 것입니다. 누군가의 소가 바흠의 목초지에 들어와 함부로 풀을 뜯어 먹는가 하면, 어디선가 고삐 풀린 말이 나타나 밭을 온통 짓밟아 놓곤 했습니다. 그때마다 바흠은 주인에게 조심해 달라고 부탁했지만

아무런 소용이 없었습니다. 결국 참다못한 바흠은 재판소에 고발해 버렸습니다.

'사람들이 나쁜 마음을 먹고 일부러 그러는 건 아닐 거야. 땅이 워낙 좁으니 어쩔 수 없었겠지. 하지만 이대로 두면 올해 농사가 망하고 말 거야. 한 번 정도는 따끔하게 혼을 내 주자.'

재판에서 이긴 바흠은 사람들에게 벌금을 받아 냈습니다. 그러자 주변의 농부들은 바흠에게 앙심을 품었습니다.

"땅이 좁아서 그런 걸 가지고 고소까지 하면 어쩌자는 건가?"

"지금 바흠 그 친구 하는 꼴을 보면, 그 고약했던 관리인과 다를 바가 없어!"

화가 난 농부들은 아예 작정하고 바흠의 밭과 목초지를 짓밟기 시작했습니다. 심지어 어떤 사람은 밤중에 몰래 바흠의 숲에 들어가서 열 그루나 되는 보리수나무 껍질을 홀딱 벗겨 놓기도 했습니다. 이튿날 아침, 숲 속을 지나가던 바흠은 껍질이 다 벗겨져 희끗희끗한 보리수나무를 보았습니다. 바흠은 화가 머리끝까지 치밀었습니다.

'나쁜 놈 같으니! 어떤 놈인지 찾아내서 단단히 혼을 내 주마!'

바흠은 누가 이런 짓을 했을까 곰곰이 생각하다가, 옆 집의 쇼무카 짓이라고 단정 지었습니다. 쇼무카는 노발대발하며 자신은 결백하다고 주장했습니다. 그러나 바흠은 그를 재판소에 고발했습니다.

얼마 후, 바흠과 쇼무카 두 사람은 법정에 서게 되었습니다. 그러나 아무리 조사를 해도 쇼무카가 보리수나무의 껍질을 벗겼다는 증거는 나오지 않았습니다. 결국 쇼무카는 무죄 판결을 받았습니다. 바짝 약이 오른 바흠은 판결을 받아들이지 않고 촌장과 재판관에게 행패를 부렸습니다.

"당신들, 지금 도둑 편을 드는 거요? 당신네들이 정말 바른 생활을 하고 있다면 이런 도둑놈을 용서하지는 않을 겁니다!"

마을 사람들은 안하무인으로 행동하는 바흠에게 화가 났습니다. 그래서 자기네들끼리만 새로운 고장으로 이사를 가려고 했습니다. 이 소식을 들은 바흠은 꿈쩍도 하지 않았습니다. 오히려 이렇게 생각하며 코웃음을 쳤습니다.

'흥, 사람들이 다 떠난다니 오히려 잘된 일이야. 안 그래도 지금 땅만 가지고는 너무 부족했거든. 이제 더 많은 땅을 사서 이 일대를 다 내 것으로 만들어 버리자. 그럼 더 풍족하게 지낼 수 있을 거야.'

그러던 어느 날이었습니다. 한 나그네가 바흠의 집에 들러 신세를 지게 되었습니다. 바흠은 나그네에게 음식을 대접하며 어디서 오는 길이냐고 물었습니다. 나그네는 저 아래 볼가 강 너머에서 일을 하는 사람이었습니다. 나그네는 그쪽 마을 조합에 가입하면 한 사람당 10데샤티나의 땅을 얻을 수 있기 때문에, 많은 이가 이사를 온다는 이야기를 해 주었습니다.

"땅이 어찌나 비옥한지, 밀을 심으면 말이 보이지 않을 정도로 키가 아주 쑥쑥 자란답니다. 밀 다섯 줌이 한 다발로 늘어나지요. 아무것도 없이 빈손으로 왔던 사람이 있는데, 지금은 말 여섯 필과 암소 두 마리를 가진 부자가 되었어요."

바흠은 생각했습니다.

'그렇게 잘살 수 있는 곳이 있는데, 왜 이렇게 좁은 마을에서 고생해야 하지? 이 집을 팔고 그곳에 가서 새 출발을 하자. 조만간 직접 가서 확인을 해 보는 게 좋겠군.'

여름이 되자, 바흠은 채비를 하여 길을 떠났습니다. 배를 타고 볼가 강을 내려가 사마라까지 간 뒤, 400베르스타나 되는 길을 걸어야만 했습니다.

한참 후, 목적지에 도착한 바흠은 깜짝 놀랐습니다. 모든 것이 나그네에게 들었던 그대로였습니다. 그곳 농부들은 모두 한 사람당 10데샤티나의 땅을 받아 여유롭게 지내고 있었습니다. 이 동네 사람이기만 하면 아무런 조건 없이 마을 조합에 가입할 수 있었습니다. 돈이 좀 있는 사람이라면 배당받은 땅 말고도 제일 좋은 땅을 아주 싸게 살 수 있었습니다.

집으로 돌아온 바흠은 가을이 채 되기도 전에 재산을 모두 정리하기 시작했습니다. 그동안 특별하게 여기며 애지중지 아꼈던 땅도 비싼 값을 받고 팔아 넘겼습니다. 그리고 봄이 오기를 기다려 가족과 함께 볼가 강 너머의 새로운 고장으로 떠났습니다.

새 고장에 도착한 바흠은 마을 조합에 가입 신청부터 했습니다. 그리고 사람들에게 좋은 인상을

톨스토이와 가족의 불화

1862년에 34세의 레프 톨스토이는 지인의 딸인 18세의 소피아 안드레예브나 이슬레네프와 결혼했어요. 그녀는 훗날 남편을 대신하여 영지를 관리하고 원고를 정리하는 등 내조에 힘을 쏟았지만, 한편으로는 남편의 예술가 특유의 복잡하고 평범하지 않은 성격을 잘 이해하지 못했어요. 비록 8남매를 낳고 반세기 가까이 함께했지만 사실 두 사람은 성격부터가 너무나도 달랐어요. 남편이 이상주의자였다면 부인은 현실주의자였으며, 이런 성격 차이는 날이 갈수록 심해져 톨스토이의 말년을 힘겹고도 불미스럽게 만든 원인이 되었어요. 톨스토이는 모든 재산을 사회에 기부하고 싶어했지만 아내는 동의하지도 용납하지도 않았어요. 결국 두 사람은 유산이나 책의 판권을 둘러싸고 심한 갈등을 일으켰고 끝내 톨스토이가 불행한 죽음을 맞이하는 원인이 되었어요.

심어 주기 위해 잔치를 열어 술과 음식을 대접했습니다. 얼마 뒤, 바흠은 마을의 조합원으로 인정받아 가족 것까지 합쳐 50 데샤티나의 땅과 목장을 받았습니다. 이 땅은 바흠이 예전에 가졌던 땅보다 거의 세 배나 넓었으며, 아주 비옥했습니다. 바흠은 흡족한 마음으로 새로 받은 땅에 집을 짓고 가축을 사서 키웠습니다. 어느덧 그의 생활은 전에 비해 열 배나 윤택해졌습니다.

하지만 얼마 후, 밀 농사를 짓던 바흠은 자신이 받은 땅이 부족하다는 생각이 들었습니다. 이 지방에서는 밀을 억새밭이나 묵힌 땅에 심어야 했는데, 그러다 보니 한꺼번에 많은 양의 농사를 지을 수 없었던 것입니다.

이듬해, 바흠은 묵힌 땅을 가지고 있는 마을 사람들에게 1년간 땅을 빌렸습니다. 그리고 더 많은 밀 농사를 지어 엄청난 양의 밀을 거두었습니다. 그러나 바흠의 마음속엔 여전히 불만이 가득했습니다. 빌린 땅은 그의 집에서 멀리 떨어져 있어서, 매일같이 오고 가며 농사를 짓기가 영 불편했습니다. 빌린 땅 주변에는 농사도 짓고 장사도 하는 사람이 있었는데, 그는 아주 커다란 별장을 짓고 부유하게 살고 있었습니다. 그를 볼 때마다 바흠은 이런 생각을 하곤 했습니다.

'나도 별장이 있다면 얼마나 좋을까? 그럼 날마다 다리품을 팔 필요도 없고 정말 편안할 텐데…….'

1년에 한 번씩 땅을 새로 빌려야 하는 것 또한 무척 신경 쓰이는 일이었습니다. 비옥한 땅은 많은 사람이 앞다투어 빌리려 하기 때문에 조금이라도 꾸물거렸다간 차례를 놓치기 일쑤였습니다. 바흠은 그렇게 힘들게 빌린 땅에 밀을 심을 때마다 이렇게 중얼거렸습니다.

"이 땅이 내 땅이라면 얼마나 좋을까? 그럼 땅 주인에게 고개를 숙이지 않아도 되고, 매년 땅을 빌리느라 귀찮은 일도 없을 텐데……."

결국 바흠은 빌려 쓰던 땅을 아예 사들이고, 커다란 별장도 짓기로 했습니다. 그래서 지금껏 힘들여 수확한 밀을 몽땅 팔아 버렸습니다. 그리고 땅값의 절반은 나중에 준다는 조건으로 어떤 사람에게 600데샤티나의 땅을 1,500루블에 샀습니다.

그때 한 상인이 바흠의 집을 찾아왔습니다. 바흠은 상인에게 식사를 대접하고 차를 끓여 주었습니다. 그러자 상인이 입을 열었습니다.

"내 고마움의 표시로 좋은 정보를 하나 알려 주지요. 저 멀리 바시키르라는 지방이 있는데, 그곳에서는 5,000데샤티나의 땅을 1,000루블에 살 수 있답니다."

바흠은 무언가 미심쩍어 이렇게 물었습니다.

"그렇게 넓은 땅을 정말 고작 1,000루블에 판단 말입니까?"

"그렇다니까요. 나도 그곳에서 땅을 샀어요."

상인은 땅문서를 꺼내더니 자랑스럽게 보여 주었습니다.

"바시키르 땅은 강을 끼고 있어서 농사짓기에 아주 그만이에요. 그곳 사람들은 땅이 아주 많아요. 양처럼 순해서 술과 선물만 대접하면 흥정할 필요도 없지요."

바흠은 생각했습니다.

'나는 600데샤티나의 땅을 사기 위해 밀을 몽땅 팔고도 빚을 졌는데, 정말 바보 같은 짓을 했군. 바시키르에 가면 1,000루블을 가지고도 더 많은 땅을 살 수 있잖아.'

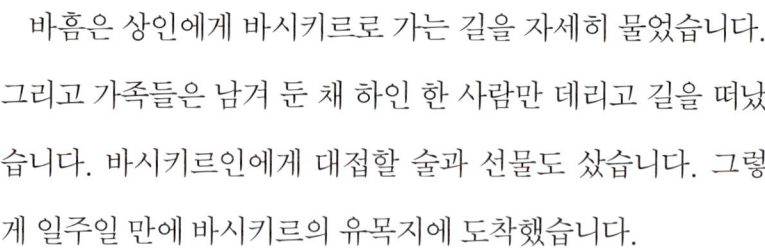

바흠은 상인에게 바시키르로 가는 길을 자세히 물었습니다. 그리고 가족들은 남겨 둔 채 하인 한 사람만 데리고 길을 떠났습니다. 바시키르인에게 대접할 술과 선물도 샀습니다. 그렇게 일주일 만에 바시키르의 유목지에 도착했습니다.

과연 모든 것이 상인이 말한 그대로였습니다. 강가의 초원에는 가축과 말이 떼 지어 돌아다녔고, 사람들은 평온한 얼굴

로 술과 음식을 즐기고 있었습니다.

바흠을 본 바시키르인들은 그를 열렬히 환영하며 성대한 잔치를 열어 주었습니다. 바흠 역시 사람들에게 술과 선물을 건네며 감사의 인사를 전했어요. 바시키르인들이 말했습니다.

"우리는 당신이 아주 마음에 들었습니다. 이렇게 술과 선물까지 받았으니, 우리가 가진 것 중에서 무엇이든 원하는 것을 드리지요."

바흠은 한 치의 망설임도 없이 대답했습니다.

"당신들의 땅을 저에게 파십시오. 우리 고장은 땅이 아주 좁은데다 오랫동안 농사를 지어 토질도 별로 좋지 않습니다. 그러나 이곳은 땅도 넓을 뿐 아니라 비옥하기 그지없군요. 그동안 저는 이렇게 좋은 땅을 가져 본 적이 없어요."

바흠의 말을 들은 바시키르인들은 잠시 의논하는가 싶더니 입을 열었습니다.

"땅에 관한 문제라면 촌장님께 물어봐야 합니다. 우리를 따라오시지요."

바시키르인들은 바흠을 촌장에게 데려다 주었습니다. 촌장은 키가 아주 컸으며, 여우 가죽으로 만든 모자를 쓰고 있었습니다. 바흠은 꾸벅 절을 한 뒤 촌장에게 제일 좋은 옷과 차를 선물했습니다. 촌장은 고개를 한 번 크게 끄덕이더니 이렇게 말했습니다.

"우리 땅을 가지고 싶다고 했다지요. 나에게 귀한 선물을 주었으니 마음에 드는 땅을 필요한 만큼 가지도록 하시오."

바흠은 재빨리 머리를 굴렸습니다.

'필요한 만큼 가지라고 했지만 어떻게 가져야 한담? 우선 계약부터 확실히 해 놓자. 나중에 도로 달라고 할지도 모르니까.'

생각을 정리한 바흠은 촌장에게 말했습니다.

"친절하신 말씀 감사합니다. 그러나 제대로 된 계약서도 없이 땅을 사려니 좀 걱정이 되는군요. 그럴 일은 없겠지만, 행여나 여러분이 나중에 딴소리를 할 수도 있으니까요."

"음, 그럴 수도 있겠군."

"예전에 여기서 땅을 샀던 상인을 만났었는데, 땅문서를 만들어 주셨다고 하더군요. 저도 그렇게 하고 싶습니다."

촌장은 흔쾌히 승낙했습니다.

"그런 것쯤이야 전혀 어렵지 않소. 마침 서기가 있으니 함께 시내로 나가서 정식 수속을 밟읍시다."

"땅값은 얼마를 내면 됩니까?"

바흠이 물었습니다.

"우리 고장에서는 땅값이 모두 같소. 하루에 1,000루블이오."

바흠은 이해가 되지 않았습니다.

"하루라니, 그게 무슨 말씀이신지……. 그건 몇 데샤티나입니까?"

"우리는 땅을 하루치로 계산해서 팔고 있소. 땅을 살 사람이 하루 종일 걸어 다닌 만큼의 면적을 파는 것이지요. 그래서 하루치 금액 1,000루블이라는 겁니다."

바흠은 깜짝 놀랐습니다.

"하루 종일 걸으면 상당히 많은 땅을 살 수 있겠군요!"

촌장이 웃으며 대답했습니다.

"그렇소. 그게 모두 당신 것이 되는 거요. 다만, 한 가지 조건이 있소. 하루 안에 출발점까지 돌아오지 못하면 모두 무효가 되지요."

"그럼 제가 돌아다닌 곳을 어떻게 표시하지요?"

"우리가 당신이 원하는 곳까지 함께 갈 겁니다. 우리는 거기서 있을 테니, 당신은 그곳에서 출발하여 빙 돌아오시오. 괭이를 들고 가서 어디든 필요한 곳에 표시를 해 두시오. 조그맣게 구덩이를 파서 나뭇가지나 풀을 꽂아 두면 되겠지. 그러면 나중에 그 구덩이를 한데 연결하기로 합시다. 그리고 해가 지기 전에 꼭 출발점까지 돌아와야 해요."

바흠과 바시키르인들은 내일 함께 출발하기로 약속하고 잠자리에 들었습니다.

바흠은 푹신한 깃털 이불을 덮고 누웠으나 통 잠을 이룰 수 없었습니다. 어떻게 해야 더 많은 땅을 차지할 수 있을지 생각하느라 바빴기 때문이었습니다.

'온종일 걸으면 50베르스타는 갈 수 있을 거야. 그럼 어느 정도나 되려나? 아무튼 최대한 멀리까지 갔다가 재빨리 돌아와야 할 텐데…….'

밤새 고민하던 바흠은 그만 밤을 꼬박 새고 말았습니다. 새벽녘이 되어서야 겨우 잠이 든 바흠은 눈을 감자마자 꿈을 꾸었습니다. 꿈속에서 그는 수레에 누워 어디론가 실려 가고 있었습니다. 밖에서는 누군가가 낄낄대며 웃는 소리가 들려왔습니다. 문득 호기심이 생긴 그는 수레에서 일어나 밖을 힐끔 내다보았습니다. 그러자 바시키르의 촌장이 수레 앞에 앉아 배를 움켜쥐고 박장대소를 하고 있는 게 아니겠습니까? 바흠은 촌장에게 물었습니다.

"왜 그리 웃고 계십니까?"

그런데 다시 보니 바시키르의 촌장이 아니라, 바흠에게 이곳을 소개해 준 상인이었습니다. 바흠은 의아한 표정으로 입을 열었습니다.

"어라, 당신은 또 언제 이곳으로 왔소?"

그러자 상인은 온데간데없고, 예전에 볼가 강 너머에서 왔다던 그 농부가 서 있었습니다. 순간 농부는 어느새 뿔과 발톱이 있는 악마의 모습으로 바뀌어 있었습니다. 악마는 배를 잡고 낄낄거리며 웃고 있었습니다. 그 앞에는 내의 바람에 맨발인 남자가 쓰러져 있었습니다. 남자의 얼굴을 살피던 바흠은 그만 소스라치게 놀라 뒤로 넘어지고 말았습니다. 남자는 죽

톨스토이가 모든 저서를 통해 묻고 있는 것

톨스토이가 자신의 모든 작품과 그의 전 생애를 통해 우리에게 묻고 있는 것은 무엇일까요? 그것은 바로 '어떻게 살 것인가?' 하는 물음이에요. 톨스토이의 생애는 어디까지나 타인을 위하여, 인류와 함께, 인류 속에서 살려고 했던 한 숭고한 인간의 역사이자 또한 전 인류의 역사라 할 수 있어요. 이러한 고행의 삶과 고뇌로 얻어진 작품을 통해 우리는 '어떻게 살 것인가' 하는 인류 최대의 문제에 대한 교훈과 암시를 발견할 수 있어요.

어 있었는데, 바로 바흠 자신이었던 것입니다!

"으아아아악!"

바흠은 비명을 지르며 잠에서 깨어났습니다. 등 뒤로 식은땀이 주르륵 흘러내렸습니다.

"뭐야, 꿈이었군."

바흠은 안도의 한숨을 내쉬며 밖을 바라보았습니다. 벌써 동이 트고 있었습니다. 그때 먼저 일어나 있던 바시키르인들이 나타났습니다.

"시간이 되었습니다. 슬슬 초원에 나가야지요."

바흠은 고개를 끄덕이며 말했습니다.

"그래요, 어서 출발합시다."

바시키르인들은 준비를 마친 뒤 말에 올라탔습니다. 바흠은 하인과 함께 이곳에 올 때 타고 왔던 마차를 탔습니다. 이윽고 바시키르 말로 '시항'이라고 하는 언덕에 도착했습니다. 어느 새 하늘은 조금씩 밝아지고 있었습니다. 촌장이 바흠 곁으로 와서 손을 들어 언덕 아래를 가리키며 말했습니다.

"이 넓은 땅이 모두 우리의 것입니다. 마음에 드는 곳을 고르시지요!"

바흠의 눈이 욕심으로 이글이글 불타올랐습니다. 눈앞에 펼쳐진 초원은 바흠이 원하던 바로 그 땅으로, 평평하고 아주 기름진 곳이었습니다. 촌장이 여우 가죽 모자를 벗어서 땅에 내려놓았습니다.

"이곳을 출발점으로 하지요. 여기서 출발해서 다시 돌아오면 됩니다. 그러면 당신이 걸어 다닌 만큼의 땅을 가질 수 있겠지요."

바흠은 빵 주머니를 품속에 넣고, 가죽띠에 물병을 매달았습니다. 장화를 신고, 하인에게 괭이를 받아 출발할 준비를 마쳤습니다. 그는 해가 솟는 동쪽 방향으로 가려고 생각하고 있었습니다.

'1분도 허비해서는 안 돼. 조금이라도 더 많은 땅을 가져야지.'

잠시 후 하늘 끄트머리에서 해가 얼굴을 내밀기 시작했습니다. 바흠은 괭이를 어깨에 메고 초원을 향해 걷기 시작했습니다. 그는 1베르스타 간격으로 걸음을 멈추면서 구덩이를 파고, 눈에 잘 띄도록 잔디 여러 덩이를 묻어 두었습니다. 그리고 물통을 꺼내 물을 듬뿍 마신 뒤, 왼쪽으로 방향을 틀어 다시 걷기 시작했습니다.

시간이 지날수록 햇살은 점점 뜨거워져 갔습니다. 바흠의 등은 땀으로 흠뻑 젖었습니다. 장화를 벗자 한결 편하게 걸을 수 있었습니다.

하늘을 쳐다보니 어느새 한낮이었습니다. 지친 바흠의 발걸음이 서서히 느려졌습니다.

'이쯤에서 한숨 돌릴까.'

바흠은 걸음을 멈추고 품속에서 빵을 꺼내 먹었습니다. 배 속에 먹을 것이 들어가자 기운이 나는 듯했습니다. 그러나 그것도 잠시, 곧 나른한 졸음이 밀려왔습니다.

'안 돼, 조금만 참자. 이 땅이 모두 내 것이 될 수 있어!'

바흠은 애써 정신을 다잡으며 걷고 또 걸었습니다. 그때 그의 눈앞에 촉촉한 분지가 보였습니다.

'이 땅은 또 뭐지? 그냥 지나치기엔 너무 아깝군. 저 땅도 가져야겠어.'

　바흠은 방향을 틀어 분지 쪽으로 갔습니다. 그리고 분지 너머에 구덩이를 판 뒤 잔디를 묻고 해를 살폈습니다. 어느새 시간은 훌쩍 지나 늦은 오후가 다가오고 있었습니다. 하지만 바흠이 돌아가야 하는 길은 15베르스타도 넘게 남아 있었습니다.

　'안 되겠다. 지금까지 표시해 둔 땅도 꽤 되니까, 이제 슬슬 돌아가야겠어.'

　초조해진 바흠은 곧장 언덕 쪽을 향해 걸어갔습니다.

　점점 지쳐 가던 바흠은 더 이상 견디기 힘든 지경에 이르고 말았습니다. 온몸은 땀투성이에, 장화를 벗은 발은 찢기고 베인 상처로 가득했습니다. 그는 잠시라도 앉아서 좀 쉬고 싶었지만 차마 그럴 수가 없었습니다. 좀 전에 욕심을 내어 분지까지 무리해서 가는 바람에 시간이 너무 촉박해져 버린 것입니다.

　'내가 너무 욕심을 부린 걸까? 이러다 해가 지기 전에 도착할 수 있을지 모르겠어. 만약 늦으면 어떡한담.'

　그는 언덕과 해를 번갈아 쳐다보았습니다. 출발점까지는 아직도 멀었는데, 해는 어느새 붉게 물들어 서쪽으로 기울고 있었습니다. 바흠은 천근만근 무거운 몸을 이끌고 걸음을 재촉했습니다. 하지만 가도 가도 길은 끝나지 않았습니다.

조급해진 바흠은 마침내 뛰기 시작했습니다. 어깨에 걸쳤던 조끼를 내팽개치고, 장화와 물통도 던져 버린 채, 오직 괭이만을 들고 정신없이 달렸습니다.

'아아, 내가 욕심이 지나쳤구나! 이제 다 끝났어. 해가 지기 전에 도착하기는 글렀단 말이야!'

바흠은 두려움으로 숨이 막힐 지경이었습니다. 심장은 뚝딱뚝딱 망치질을 하는 것처럼 쿵쾅거렸고, 입은 바싹 타들어 갔으며, 다리는 제 몸이 아닌 것처럼 휘청거렸습니다. 문득 바흠은 이러다 죽는 건 아닐까 무서운 생각마저 들었습니다. 하지만 여기서 멈춰 설 수는 없었습니다.

'그래, 겨우 여기까지 왔잖아. 이제 와서 그만두면 바보 소릴 들을 거야.'

얼마 후, 그는 달리고 달려서 겨우 언덕 가까이까지 올 수 있었습니다. 해는 이미 지평선 가까이 내려와 저녁노을 속으로 사라지고 있었습니다. 언덕 위에서는 바시키르인들과 바흠의 하인이 손을 흔들며 재촉하고 있었습니다. 그런데 오로지 촌장만 땅바닥에 앉아 두 손으로 배를 움켜쥐고 웃음을 터뜨리고 있었습니다. 순간 바흠은 지난밤에 꾼 꿈이 생각나 소름이 끼쳤습니다.

'꿈속에서 본 것처럼 나도 죽는 걸까. 아니야, 그럴 순 없어!'

바흠은 마지막 힘을 쥐어짜서 가까스로 언덕 밑에 이르렀습니다.

바로 그때, 주위가 온통 어두워졌습니다. 깜짝 놀란 바흠이 하늘을 바라보니 해는 이미 서쪽으로 자취를 감춘 뒤였습니다.

'해가 지다니, 이제 다 끝났어. 내 고생이 모두 허사가 된 거라고.'

로자 룩셈부르크가 본 톨스토이

◆ 사상가로서의 톨스토이가 시간이 흐름에 따라 예술가로서의 존재를 압도하여 승리를 구가한 것은, 그의 예술가적 천재성이 말라 버려서가 아니라 사상가의 심오한 진지성이 그것에게 침묵을 명했기 때문이다.

로자 룩셈부르크

절망에 빠진 바흠은 모든 것을 체념한 듯 털썩 주저앉았습니다. 그런데 이상하게도 언덕 위의 바시키르인들은 계속해서 고함을 질러 대고 있었습니다. 바흠은 멍하니 그들을 바라보다가 벌떡 일어나 소리쳤습니다.

"그래! 언덕 아래에서는 해가 졌는지 몰라도, 언덕 위에서는 아직 해가 보이는 거야!"

그는 용기를 내어 언덕으로 달려 올라갔습니다. 과연 언덕 위에는 아직 해가 떠 있었습니다. 바흠은 숨을 헐떡이며 촌장에게 말했습니다.

"자, 제가 해냈습니다! 저 넓은 땅이 모두 제 것이라고요!"

촌장은 그때까지도 두 손으로 배를 움켜쥔 채 낄낄대고 있다가, 바흠의 말에 큰 소리로 외쳤습니다.

"허어, 참으로 장하시오! 땅을 완전히 손아귀에 쥐셨습니다!"

그런데 바로 그 순간, 바흠이 힘없이 쓰러지고 말았습니다. 놀란 하인이 재빨리 달려갔지만 소용없었습니다. 쓰러진 바흠은 붉은 피를 쉴 새 없이 토하고는 그대로 숨을 거두었습니다. 오랜 시간 동안 너무 많은 힘을 쏟아서 몸이 견뎌 내지 못했던 것입니다.

하인은 바흠의 시체를 그가 그토록 탐을 냈던 바시키르 땅에 묻었습니다. 무덤의 넓이는 정확히 3아르신(1아르신: 약 70cm) 이었습니다. 아무리 넓은 땅을 가져도 만족하지 못하고 욕심을 부렸던 바흠은 결국 죽어서 3아르신의 땅만을 가지게 된 것입니다.

레프 톨스토이와 그의 아내 소피아 이슬레네프

백만 엄마들의 가슴을 뛰게 만든 바로 그 책,

〈공부가 되는〉 시리즈

- 재미와 호기심을 충족시키며 교과 연계 학습까지 되는 **기초 교양 학습서**
- 연이은 백만 엄마들의 뜨거운 호평, 출간 즉시 베스트셀러 도서
- 통섭과 융합형 교과서로 **하버드 대학 교수가 추천한 도서**

〈공부가 되는〉 시리즈는 계속 출간됩니다.

<십대들을 위한 인성교과서 시리즈>

십대가 시작되는 시기부터
늘 머리맡에 두고 반복해서 읽어야 할 책

태도
줄리 데이비 글, 그림 | 박선영 옮김
14,000원

목표
줄리 데이비 글, 그림 | 박선영 옮김
14,000원

진정한 부
줄리 데이비 글, 그림 | 장선하 옮김
14,000원

선택
줄리 데이비 글, 그림 | 장선하 옮김
14,000원

<초록별 시리즈>

꿈이 되는 이야기, 마음을 키우는 책 읽기

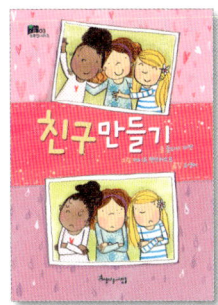

엄마는 외계인
박지기 글 | 조형윤 그림 | 8,500원

아빠가 보고 싶은 아이
나가사키 나쓰미 글
오쿠하라 유메 그림
김정화 옮김 | 11,000원

친구 만들기
줄리아 자만 글
케이트 팽크허스트 그림
조영미 옮김 | 11,000원

아기 토끼의 엄마 놀이
모리야마 미야코 글
니시카와 오사무 그림
김정화 옮김 | 11,000원

왕따 슈가 울던 날
후쿠 아키코 글
후리야 가요코 그림
김정화 옮김 | 11,000원